또 다른
세계

또 다른 세계

펴 낸 날 2024년 12월 11일

지 은 이   권은서, 김다인, 김래인, 이지유, 황보민, 박석희, 김현진
펴 낸 이   이기성
기획편집   윤가영, 이지희, 서해주
표지디자인 윤가영
책임마케팅 강보현, 김성욱
펴 낸 곳   도서출판 생각나눔
출판등록   제 2018-000288호
주   소   경기도 고양시 덕양구 청초로 66, 덕은리버워크 B동 1708, 1709호
전   화   02-325-5100
팩   스   02-325-5101
홈페이지   www.생각나눔.kr
이 메 일   bookmain@think-book.com

• 책값은 표지 뒷면에 표기되어 있습니다.
   ISBN   979-11-7048-802-6(73810)

권은서 외

또 다른 세계

릴리, 다온 그리고 페니의 이야기

생각의창

목차

00

프롤로그

한 여자가 사막을 걷고 있었다. 사막이긴 했지만, 흙을 보면 옛날에는 수많은 생명이 공존하던 초원 같았다. 여자는 한 숨을 쉬며 말했다.

"하아, 이곳도 예전에는 초원이었는데⋯. 이곳이 다 이렇게 된 건 마법사들 때문이야! 자기들이 마법을 연습한다고 초원에서 화염 마법을 쓰질 않나, 불 끄는 주문도 모르는 인간들이!"

여자는 씩씩대며 말했다. 하지만 이내 침울해지며 말을 이었다.

"어쩌겠어. 사람들에게는 그게 당연한 일인걸."

그러고는 다짐하듯이 말했다.

"그러니까 나는 세상을 바꿀 거야. 사람들의 인식을 바꾸고, 자연을 지킬 거라고! 그리고 그 첫걸음은 세상을 바꿀 위대한 박사의 조수가 되는 거야. 과학자 밑에서 기술을 배워서 그걸 마법과 접목하면 자연을 지킬 수 있는 발명품도 만들 수 있을 거야."

이렇게 말하며 여자는 손끝으로 한 집을 가리켰다. 그 집은 나무나 벽돌로 지어져 고풍스럽고 아늑한 다른 집들과는 달리 콘크리트로 지어진 딱딱한 집이었다. 여자는 그 문을 열고 들어갔다.

"끼이이익!"

섬뜩한 소리가 났다. 여자는 움찔했다. 그리고 바로 앞에 있는 계단을 봤다. 전등 하나 없이 캄캄하고 가팔랐다. 여자는 애써 무섭지 않은 듯 말했다.

"괘, 괜찮아. 계단쯤이야 아무것도 아니지."

여자가 계단에 발을 딛는 순간 갑자기 불이 켜졌다. 여자는 미처 어두워서 보이지 않는 전등이 있었다고 생각했다. 그대로 계단을 내려가니 한 실험실이 있었다. 창문 하나 없어 폐쇄된 느낌이었지만 무척이나 비밀스럽고 신비로웠다. 그 비밀스러운 실험실에서 한 남자가 웃고 있었다. 다소 미치광이처럼 느껴지는 웃음소리였다. 하지만 한편으로는 평생의 염원을 이룬 것 같은 웃음이었다. 남자가 말했다.

"드디어 성공했다! 내 세기의 발명품, 마력창조기! 으하하하! 킬킬킬킬! 이제 아무도 날 무시 못 할 거야. 내가 온종일 쓸모없는 일만 한다던 사람들도 이젠 입을 다물지 못할걸?"

여자는 주저하며 문을 열었다.

"저, 박사님? 뭐가요?"

박사가 놀라서 뒤돌며 물었다.

"뭐야? 당신은 누구야!"

"저는 오늘 조수 면접 보러 온…."

그때 갑자기 폭발음이 들렸다. 그러더니 강한 섬광이 잠시 비쳤다. 여자는 연기로 인해 박사를 보지 못했다. 그리고 연기가 사라졌을 때 박사는 이미 쓰러져 있었다. 여자가 달려왔다.

"박사님? 정신 차리세요."

박사가 힘겹게 입을 뗐다.

"나는 마력창조기를 발명했다네. 그리고 마력을 늘려서 나의 마력은 세계 최고 수준이 되었지. 세상을 다 가질 수도 있을 만큼. 사실 나는 그렇게 나를 얕보던 사람들, 아예 무시하던 사람들에게 나를 보이고 증명할 생각이었다네. 더는 아무도 날 무시하지 못하도록 말일세. 그리고 나는 나 같은 발명가들이 좋은 대우를 받는 세상을 만들 생각이었네. 하지만 나는 이제 남은 생이 얼마 남지 않은 것 같구먼. 허허, 그러니 자네가 나 대신 이 발명품을 세상에 알려 주게나."

"제가요?"

"그래…. 그런데 자네 이름이 뭔가?"

"사라 벨카르입니다."

"좋은 이름이구먼. 그럼 잘 부탁하네."

"박사님!"

"그리고 내 마지막 선물을 받아주겠나?"

사라는 당연하다는 듯 고개를 끄덕이며 말했다.

"물론이죠."

"내 마지막 선물은 말일세, 자네는 지금부터 내 조수네. 내 처음이자 마지막 조수."

그렇게 말하고 박사는 그대로 눈을 감았다. 사라는 박사님을 향한 존경심을 못 이겨 흐느꼈다. 그렇지만 애써 몸을 일으켰다. 그리고 마력창조기를 들며 말했다.

"박사님, 죄송하지만 이 발명품은 제 개인적인 생각으로는 너무 위험한 것 같습니다. 제 생각에 이 발명품은 박사님의 마력을 창조시키자 이 거대한 에너지를 견디지 못하고 폭발한 것 같아요. 너무나도 위험해요. 게다가 이 발명품이 어둠의 세력의 손에 들어가기라도 한다면 끔찍한 세상이 될 거예요. 그러니 이 발명품을 없애겠습니다. 그렇지만 박사님의 이름은 제가 기억하겠습니다. 모두가 앤드루 캐리스피안이라는 이름을 잊더라도 저만은 영원히 기억하겠습니다. 그러니 부디 용서해 주시기 바랍니다."

그러나 말과는 달리 사라는 마력창조기를 집어 들더니 자신의 마력을 창조시켰다. 그러고는 다시 말을 이었다.

"박사님, 어리둥절하시겠지만 저는 이 힘으로 세상을 바꿀 것입니다. 박사님 같은 분들도 존경받는 세상을요. 박사님이 꿈꾸시던 그 세상을 저는 만들 것입니다. 쉽지 않을 길이란 것도 알지만 이 길이 세상이 더 나아지는 길일 거라고 저는 믿습니다. 그러니 지켜봐 주세요."

사라는 간단한 손짓 하나로 마력창조기를 가루로 만들어버렸다. 때마침 일어난 바람이 마력창조기를 불어 마력창조기는 흔적도 없이 흩

어졌다. 마력창조기 가루가 햇빛을 받고 반짝거렸다. 햇빛을 받은 가루가 반짝이는 모습을 보고 사라는 말했다.

"사막도 아름답구나."

그리곤 그녀는 폐허를 등지고 태양을 향해 앞으로 나아갔다.

01

유명 배우, 피터

억수같이 비가 오는 어느 날에 고급 렌터카 한 대가 정부 앞에 멈춰 섰다. 정부 앞에는 어떤 남자가 손을 흔들고 있었다. 운전기사가 차 문을 열어주자 값비싼 양복을 입은, 잘생겼지만 굳은 표정의 건장한 남자 한 명이 우산을 쓰고 내렸다.

그 남자는 검고 숱이 많은 머리카락에 매력적인 갈색 눈동자, 오똑한 코를 가지고 있었다.

손을 흔들던 남자가 잘생긴 남자와 함께 정부로 들어갔다. 둘은 '올리버 잭슨- 불법 생명체 관리부 부장'이라고 쓰인 개인 사무실에 들어갔다. 그 잘생긴 남자는 어느새 손에 커피까지 들고 있었지만, 굳은 표정은 풀어지지 않았다. 굳은 표정의 남자가 마침내 답답하다는 투로 입을 열었다.

"그래서 올리버, 아직도 통과되지 않았다고? 내가 제안한 지 8개월이 다 되어가는데도? 대체 왜 이렇게 늦어지는 건지 설명 좀 해볼래? 사람들이 나를 유령 애호가라고 생각하는 와중에… 이러다 팬들을 다 잃겠어!"

그러자 올리버가 말했다.

"피터, 지금 자네가 화를 낼 사람은 내가 아니야. 난 노력했거든. 열심히 설득했다고! 근데 왜 아직 이 지경이냐고? 이봐, 피터. 정부에는 유령 애호가들도 많이 있어. 유령 불호가만 있지는 않거든. 설마 유령 애호가가 반유령법에 찬성하리라 생각한 건 아니겠지? 유령 애호가에게 반유령법을 권할 때 10벨카르(1벨카르가 1만 원) 정도로는 안 통해. 유령 애호가가 누군가? 유령을 좋아하는 사람. 유령 애호가들에게 10 벨카르씩 주고서 반유령법을 제안하면 그게 통할지는 몰라. 하지만 법을 만드는 것은 꼼꼼하고도 세밀해야 해. 단 1%라도 문제가 있다면 그 법에선 매우 많은 문제가 발생할 수도 있어. 유령 애호가가 그토록 좋아하는 유령이 기차 타고 떠나는 데 한몫했다는 사실을 생각하면 그 사람이 얼마나 마음이 찢어질 것 같겠어? 근데 자네가 그런 처지였다면 두 손 두 발 다 들고 있겠나? 당연히 몇몇 유령들이 숨어 살도록 도와주겠지. 그런 게 바로 이 방법의 흠이야. 그럼 반유령법은 실현이 불가능할까? 아니, 설득이라는 게 있지. 유령 애호가를 유령 불호가로 바꾼 후 네 선택은 잘못되지 않았다는 뜻으로 돈을 좀 주면 되지. 근데 여기 문제가 하나 있어. 설득은 시간이 오래 걸린다는 것이지. 그래서 나는 최선을 다하여 설득 중이야. 미안한데 이 일이 그렇게 만만치는 않거든?"

그러나 피터는 오히려 커피를 쾅 내려놓으면서 소리쳤다.

"불법 생명체 관리부 공무원 모두에게 50벨카르씩 챙겨줘! 설득은 무슨. 모든 유령이 우리나라에서 나간 것을 체크해, 남은 유령이 있나 확인하면 되지. 그리고 10벨카르라니! 무슨 말도 안 되는 헛소리야? 난 돈이 얼마나 많이 들든 간에 이 법안이 빨리 통과되기만 하면 된단 말이야! 내가 원하는 것은 돈이 아닌 세계 최고 연예인상이라는 건 너도 잘 알고 있잖아! 그리고 넌 대체 왜…."

그때 노크 소리가 들렸다. 올리버가 얼른 가서 문을 여니 머리가 희끗희끗한 50대 중반으로 보이는 남성이 들어왔다. 올리버 잭슨이 얼른 달려가 부장님 어쩌고저쩌고하는 걸 보니, 옆 본부 부장인 것 같았다. 그렇게 오랫동안 얘기를 다 끝낸 옆 본부 부장의 얼굴이 그제야 피터에게로 향했다. 옆 본부장의 얼굴에 저 청년이 누구인지 궁금하다는 표정이 떠오르자, 올리버가 재빨리 소개했다.

"아, 여기는 피터 에리칸 브라운 캐리스피안이라는 제 사촌입니다. 피터, 이분은 대책 개발부의 마이클 부장님이셔."

모르는 사람을 소개하는 듯한 올리버의 말투에는 피터를 모를 리가 없지, 하는 확신이 표정에 다 비치고 있었다. 역시나 옆 본부장의 입이 커지고 눈이 동그래지더니 말했다.

"아니, 이 친구 좀 보게. 피터가 사촌인데 지금껏 그걸 왜 말하지 않았나? 이런 잘나가는 스타 사촌을 숨겨놓았었는지는 전혀 몰랐네!"

올리버는 헤벌쭉 웃고 있었지만, 피터는 가뜩이나 굳어진 표정이 점점 더 얼어붙어 갔다. 피터는 자신 덕에 올리버는 잘나가는 마당에 정작 피터는 자신에게 꼭 필요한 법 하나 통과시키지 못하는 처지에 놓였다는 생각에 짜증이 나서 고개를 휙 돌렸다.

그렇게 피터에게는 득이 되지 못했던 대화가 끝나고, 피터는 부글부글 끓는 마음을 진정시키려고 노력하며 집으로 향했다.

세계적으로 유명한 배우 부부의 집은 굉장했다. 다락방에서 부엌까지 걸어서 가는 데에 걸리는 시간이 약 10분이 넘는다. 게다가 엘리베이터도 집에 있다. 그렇게 큰 집에 사니 남편이 집에 도착했을 때, 아내가 아무리 빨리 엘리베이터를 잡아 마중을 나와도 외투를 벗고 가방까지 정리한 후에야 아내는 드디어 나타나 피터를 반겨준다. 외투를 옷장에 건 후 가방에서 텀블러를 꺼냈지만, 아직도 아내는 모습을 드러내지 않았다. 핸드폰을 꺼내고 나서야, 문이 열리자마자 내려오기 시작한 엘리베이터가 마침내 도착하고 피터의 아내, 리스가 나타났다. 그녀 또한 굉장한 미모를 자랑하는 세계적 스타였다. 찰랑거리는 긴 금발, 유리같이 맑고 파란 눈, 진주보다도 새하얀 피부를 가진 리스는 이제 막 7살이 된 릴리를 안고 있었다. 릴리 또한 엄마를 닮은 호기심에 차오른 푸른 눈, 앵두같이 붉은 입술, 아빠를 닮아 약간 곱슬거리는 금빛 머리카락을 가진 예쁜 아이였다.

다음 날, 매일 아침 앙칼지게 울어대는 릴리 때문에 리스와 피터는 곧바로 일어날 수밖에 없었다. 리스가 릴리를 달래는 동안 피터는 엘리베이터에 타 8층을 눌러 집에 있는 미용실에 들어가 개인 미용사들에게 머리 손질을 받았다. 그 후 1층으로 내려가 레스토랑에 앉았다. 곧이어 피터는 다음 콘서트 날짜를 확인했다. 리스가 내려오자 함께 아침 식사를 한 후 티타임을 즐기고 있었다. 그때 핸드폰 알람이 울렸다.

피터는 올리버 잭슨으로부터 발송된 문자를 보았다.

> **피터! 반유령법이 통과됐어! 내**
>
> **일 12시 ETH**(Everything that
>
> Happens) **뉴스를 봐! 참고로 30**
>
> **벨카르씩 30명에게 돌림.**
>
> −7시 45분

피터는 환호성을 지르며 리스에게 소식을 전했고, 리스는 매우 기뻐해 주었다. 둘은 홀가분한 마음으로 집을 나섰고, 릴리는 유모의 품에 안겨 밥− 최고급 유정란과 A++ 소고기와 품질 보증된 낙지로 만들어져 그 가치를 인정받은 낙지볶음밥! −을 억지로 먹고 있었다. 릴리의 집에서는 밥을 다 먹지 않으면 간식을 먹지 못한다는 규칙이 있기 때문이었다. 드디어 밥을 다 먹은 릴리는 3번째 놀이방에서 리스가 초대해 준 자신의 친구들, 클로이와 루비를 기다렸다. 마침내 릴리의 친구들이 도착하였다. 클로이의 하얀 피부와 잘 어울리는 새까만 머리카락은 윤기가 흘렀고, 곱슬거리는 모습이 아주 예뻤다. 루비 또한 피부는 굉장히 새하얬다. 그리고 허리까지 오는 긴 금발을 가진 아이였다. 셋은 정말 친했고, 어디를 가든 꼭 붙어 다녔다. 그러나 릴리의 집에 둘은 한 번도 가 보지 못했었다. 그런데 오늘 그 큰 저택에 초대받았다니, 클로이와 루비는 굉장히 기뻤다. 그렇게 셋은 놀이방에서 신나고 즐거운 시간을 보냈다. 그때 요리사들이 간식이 준비되었다고 알렸다. 셋은 식당으로 달려가 식탁에 앉았다. 식탁에는 클로이와 루비가 못한 온갖 진귀한 과일이며, 다섯 가지 맛의 아이스크림이며, 부드럽고 쫄깃한 각종 빵이 굉장히 많이 준비되어 있었다. 간식 타임에 이런 간식들을 먹을 수 있는 건 손님이 오셨을 때뿐이기 때문에 릴리와 클로이, 루비는 함께 환호성을 질렀다. 클로이와 루비에겐 마치 공주가 된 느낌이었던 신나는 시간이 얄밉게도 순식간에 지나갔다.

02

미아가 된 페니

다음 날 12시 ETH 뉴스를 본 많은 사람은 반유령법에 열광하며 피터에게 유령 애호가라고 오해해서 미안하다는 등의 연락을 보내왔다.

모든 유령은 유령 전용 기차표가 매진되기 전에 표를 구하느라 필사적으로 움직였다. 반유령법이 아직 적용되지 않은 나라들로 떠나려는 유령들 때문에 에라티어나, 코데리어타행 유령기차표 구하기는 하늘의 별 따보기도 어려울 지경이었다. 이 모든 일은 반유령법이 시행되기 전에 기차를 타기 위함이었다.

수많은 유령이 기차역에 몰려있는 바람에 부모님의 손을 놓치거나 미아가 된 어린 유령들도 적지 않았다. 그러나 다행히도 기차가 떠나기 전에 부모들은 아이들을 귀신같이 (물론 귀신이지만) 찾아냈다. 다만 예외는 있었다. 그중 하나인 어린 유령 페니는 부모님의 손을 놓친 그 자리에서 꿈쩍도 하지 않고 서 있었다. 페니의 부모님은 페니를 잃어버린 그 자리로 찾아올 것이란 것을 페니는 알고 있었기 때문이다. 계속해서 기다렸으나 부모님은 돌아오지 않았다. 왜냐하면, 페니의 생각과는 다르게 페니의 부모님은 부모님의 손을 놓친 대부분의 어린 유령이 그러하듯 우선 기차에 탔을 것으로 생각했기 때문이다. 이런 이유로 페니의 부모님은 기차에서 페니를 열심히 찾고 있었다. 자리에 앉을 새도 없이 페니를 찾아보았으나 헛수고였다. 기차가 출발해 보이지 않게 되었을 무렵, 페니는 자신이 미아가 되었음을 깨달았다. 같은 시각, 페니의 부모님은 페니에게 가족들이 타게 될 기차 번호를 알려 주지 않았다는 것을 깨닫고 절망했다.

어쩔 수 없이 반유령법이 이미 만들어진 나라에서 살게 된 페니는 오직 자기의 인기를 위하여 자신과 가족 모두를 떼어놓은 장본인인 피터에게 복수하고 싶었다. 복수심에 눈이 먼 페니는 어떻게 하면 피터에게 가장 고통스러운 복수를 할 수 있을지에 대해 머리를 굴렸다. 결국 피터가 사는 스테파니주로 몰래 숨어들자는 결론이 나왔고, 페니는 이를 곧장 실행으로 옮겼다.

모두가 깊은 잠에 빠진 새벽 1시, 페니가 작전을 실행했다. 페니는 릴리와 정확히 같은 시간에 태어난 대한민국에 사는 아이, 정다온에게 찾아갔다.

"스페리터스 에미티테일."

페니가 신비로운 주문을 외우자, 빛에 휩싸인 구체의 무언가가 다온이에게서 나왔다. 곧이어 다온이는 잠시 정신을 잃었다. 같은 시각, 릴리에게도 같은 일이 일어났다. 둘에게서 나온 구체의 무언가는 갑자기 소용돌이처럼 빙글빙글 돌기 시작했다. 다음 순간 릴리에게서 나온 것이 다온이에게, 다온이에게서 나온 것이 릴리에게로 들어가더니 휙 하고 사라졌다. 둘은 다시 푹 잠에 들었다. 그 아이들은 아무것도 알지 못했다.

무고한 둘이 부모의 탓으로, 너무나도 비슷한 운명을 지닌 탓으로 인해 어려움을 겪으리라는 것을…. 릴리는 마법을 쓰지 못할 것이고, 다온이는 자신의 힘을 조절하기 어려워지리라는 것을…. 페니는 다온이의 탓은 없다고, 단지 태어난 날짜가 릴리와 같다는 이유 때문에 마법 세계에 살며 다른 사람들에게 바보 취급을 받아야 하는 것은 너무 미안하다는 생각을 했다. 그래도 어쩔 수 없다는 듯, 페니는 마음을 다잡고 중얼거렸다.

"어차피 너희 인간들 때문에 나는 부모님과 생이별하게 됐어. 그러니까 너희들이, 너희 인간들의 죗값을 치러야 해. 네가 직접적으로 한 게 아닌 건 나도 알아. 그렇지만 너는 그들의 자식이기도 하잖아. 너희 인간들이 죄를 갚는 과정에서 생기는 일들을 내가 어떻게 해 줘야 하는 건 아니잖아…."

바로 그 시각, 페니의 부모님들은 페니의 얼굴을 열심히 설명했으나 그런 아이 유령은 본 적 없다는 소리를 이 기차에 탄 모든 유령 역무원에게 연속으로 답을 듣고서 제정신이 아니었다. 페니를 오늘 안에 다시 만나겠다는 결심은 이번 주 안에, 한 달 안에, 올해 안에 그리고 죽기 전에 우리 귀여운 페니를 보고 죽자는 마음으로 바뀌어 갔다. 이젠 페니를 죽기 전에 볼 수 없을지도 모르겠다는 생각이 덮쳤다.

다음 날, 피터와 리스는 6시 50분에 깼다. 그들은 릴리를 낳은 후 단 하루도 6시 30분 후에 일어난 적이 없었으므로 매우 놀랐다. 그들이 6시 50분에 깨는 행운을 누릴 수 있었던 까닭은 릴리가 처음으로 아침 6시 30분 전에 울지 않았기 때문이었다. 피터는 혹시 릴리가 어디가 아픈 게 아닐까, 걱정했다. 그러나 리스가 몹시 기뻐하며 드디어 아침마다 우는 버릇을 고친 것이라고 말했기 때문에 피터는 모든 의심을 거두었다. 그래서 피터는 오늘도 평범한 하루라고 생각하면서 여느 때와 다름없이 출근했다. 리스는 남편이 출근한 뒤 릴리의 식사를 챙겨줬다. 유명 배우 부부의 딸답게 릴리의 아침 식사는 그야말로 굉장했다. 분유일 뿐이었지만 에스코 최고의 대기업인 제스시스에서 진짜 모유와 98% 똑같다는 인증을 받아 제조한 상품이었다. 리스는 릴리에게 최고급 분유를 먹이며 생각했다. '그래… 오늘 아침 릴리가 울지 않은 건 정말 이상한 일이야. 아침엔 피터가 걱정을 많이 할까 봐 괜찮다고 말하긴 했지만…. 그나저나 우리 릴리 진짜 잘 먹네. 어제까지만 해도 옷소매를 잘근거리며 먹지 않았는데…. 잠깐, 소매를 안 씹어?' 리스는 놀라서 릴리의 이마에 손을 가져다 댔다. 다행히도 열은 없는 것 같았다. 리스는 놀란 가슴을 진정시키며 어리둥절한 표정을 지은 릴리에게 다시 젖병을 물리고 수유를 했다.

'이상하다….'

그러나 리스는 오늘따라 릴리의 버릇이 많이 고쳐진 날이라고 생각하며, 바쁘게 나갈 채비를 했다. 출근을 하기 위해서였다. 정장을 멋있게 **빼입고** 메이크업까지 한 리스는 릴리를 안아올려 볼을 한번 꼬집어 주었다. 그러고는 가정부에게 릴리를 안겨주며 "다녀올게요. 오늘도 릴리 잘 부탁해요."라고 말하며 문을 나섰다.

한편, 릴리와 동시에 태어난 다온이네 집에서는 다온이의 부모님은 일어나자마자 울어대는 다온이 때문에 깼다. 다온이의 부모들은 다온이가 어디 아픈가 해서 병원도 데려가 보았으나 정상이란 말을 듣고 '다온이가 오늘 무서운 꿈을 꿨나 보다.' 하고 다시 일상생활로 돌아왔다.

하루 종일, 그것도 계속해서 이상한 일은 벌어졌으나 그 누구도 깊은 의심을 하지 않았다. 릴리와 다온이는 여느 때와 다름없이 편안하게 잠을 청했다. 이 모든 게 페니 때문이라는 것은 부모님은 물론 다온이와 릴리는 꿈에도 모른 채로 말이다.

한편, 페니는 이것이 과연 잘한 일인지 분간이 잘 되지 않았다. 피터와 리스가 꼴좋다고 웃어대다가, 부모님을 생각하며 눈물을 흘리기를 반복하였다. 그러다가 갑자기 페니는 자신이 바보 같다는 생각이 들었다. 자신과 가족은 헤어지게 되었다. 그래서? 그래서 다시 만날 방법은 없어 보인다. 어느 곳에 가더라도 하늘은 노랗고 아무리 쥐구멍에 볕들 날이 있다더라도 그날은 내가 죽은 뒤일 것 같다. 언젠가는 가족과 만나게 되겠지. 그게 내가 아직 목숨이 붙어 있을 때이든지 죽음과 마주한 후이든지 간에. 하지만 당연히 자신은 목숨이 붙어 있을 때 만나고 싶다. 그러기 위해서는 위험을 무릅쓰고 반유령법이 통과되지 않은 나라이든지 부모님이 있을 것 같은 나라를 뒤져야 한다. 그런데 자신은 쓸데없이 릴리와 다온이의 영혼을 바꿔 놓기나 했다. 엄마는 항상 복수는 유령이 하는 게 아니라고, 저절로 되는 거라고 하셨는데. 복수 같은 것은 인간들이나 하는 거라고 말씀하시곤 하셨는데. 페니는 대체 왜 자신이 이런 짓을 벌였는지에 대해서 모르겠었다. 하지만 이렇게 한 거 그냥 밀고 나가자는 생각으로 주문을 취소하지 않았다. 페니는 이제 더 이상 이곳에 남아 있기 힘들 것 같다는 생각이 들었다. 유명 배우의 집이다 보니 많은 사람이 드나들었고, 그만큼 도시 한복판에 있었다. 그러다 보면 자연스레 눈에 띌 확률이 높아진다. 설령 때맞춰 완전하게 투명해진다 해도 다른 사람들에게 치이거나 부딪히면 사람들은 이상하게 여겨 신고할 테고, 경찰들이 이 일을 해결하지 못한다면(아마 당연히 그렇겠지만.) 정부에서도 이 일을 듣게 될 테니, 정부는 유령이 아직 에스코에 남아 있다는 것까지 추측할지도 모르기 때문이다. 불법 생명체 관리부에서는 페니를 부모님과 만나게 해 주는 것은 절대 있지 않을 일이고, 아마도 페니의 이야기를 어떻게든 꽁꽁 싸매려 해서 가두거나(페니는 폐쇄 공포증이 있었다.) 다른 나라에 돈을 받고 팔거나(물론 일을 해야 할 것이다. 돈은 꿈도 꿀 수 없다. 그리고 페니는 미성년자이기 때문에 힘이 약해서 채찍을 더 많이 맞을 것이 뻔했다.) 심지어는 죽일지도 모른다(당연한 이야기지만 페니는 죽고 싶지 않았다). 한 자리에 오래 머무르는 것은 마치 '나 좀 잡아가 주세요.'라고 하는 것과 다를 바 없다. 그래서 페니는 세베레스 아카데미아에 숨어들었다. (잔인하게도) 릴리가 힘들어하는 모습이 보고 싶기도 하고, 세베레스 아카데미아에는 조용하고 사람들이 많이 다니지 않는 비밀 공간이 굉장히 많기 때문이다.

03

테사우루스

시간은 흘러, 릴리의 12번째 생일이 되었다. 마법 세계에서는 한 해가 12달이기 때문에 12를 선택받은 숫자라고 여긴다. 그래서 아이가 12번째 생일이 되면 어른들이 마법 지팡이를 생일선물로 사 주는 전통이 있기 때문에 릴리는 이번 생일을 특히나 더 기대하고 있었다.

릴리는 친척들, 친구들에게서 온 수많은 선물을 하나씩 뜯어보고 있었다. 마침내 릴리는 가장 기다리던 생일선물을 찾았다. 바로 부모님께서 사 주신 마법 지팡이 명품 브랜드인 골드스틱의 신상품 '다이아'였다. 릴리는 릴리의 단짝 친구 루비의 언니가 골드스틱 '실버'를 12번째 생일선물로 받았다는 것을 알고 몹시 부러워한 적이 있었다. 골드스틱이 실버 다음 단계인 골드를 출시하였을 때, 릴리는 피터와 리스에게 처음으로 떼를 써 보았으나, 피터와 리스는 아직 12살이 되지 않아서 안 된다고 단호하게 거절했었다. 릴리는 눈앞에 있는 골드스틱의 신상품 '다이아'를 보고 입을 다물지 못했다.

릴리는 골드스틱 '다이아'를 한 번 휘두르며 지팡이 설명서에 누구나 외울 수 있다고 쓰여 있는 꽃 한 송이가 피어나게 하는 주문을 외워 보았다.

"플로스!"

그러나 마법 주문은 아무런 효력도 발휘하지 못했다. 릴리는 당황스러워 리스를 불렀다.

"엄마! 지팡이 설명서를 꼼꼼히 읽고 마법 주문을 정확히 외웠는데도 지팡이가 작동이 안 돼요!"

"지팡이가 작동이 안 된다고? 그럼 엄마 따라 이렇게 한번 해 볼래?"

릴리는 엄마가 알려 준 방법대로 차근차근히 해봤지만 지팡이는 말을 듣지 않았다

"딸, 아무래도 지팡이가 문제인 것 같아. 그냥 장식용으로라도 쓰고 있으렴. 나중에 엄마가 하나 더 사 줄게."

릴리는 그토록 원하던 골드스틱 '다이아'를 그저 장식용으로 써야 한다는 사실에 마음이 아팠지만 릴리에게는 더 이상 쓸모가 없었으므로 리스의 의견에 동의하기로 했다.

다음 날 릴리는 세베레스 아카데미아라는 세크레타 베네피쿠스 아카데미아(비밀스럽게 감춰져 있는 마법사 학교라는 뜻)의 앞글자만 딴 마법사 학교에 가게 되었다. 릴리는 첫 등교인 만큼 부모님과 함께 학교에 가고 싶었지만, 안타깝게도 피터와 리스 모두 그날 중요한 토크 콘

서트가 잡힌 후라 어쩔 수 없이 릴리는 혼자서 첫 등교를 해야 했다.

릴리는 등굣길이 멀진 않았으나, 혹시 걸어가다 길을 잃을까 염려되어 버스를 타러 버스 정류장으로 향했다. 버스 노선도를 확인한 즈음 137번 버스가 1분 후 도착한다는 안내방송을 움직이는 가로등에게서 듣고 줄을 섰다. 버스는 피터와 리스와도 많이 타 보았기 때문에 별문제 없이 버스에 탑승할 수 있었다. 지금이 출근 시간인 탓인지 버스는 출근하는 사람들로 인해 북적거렸다. 릴리는 겨우 빈자리를 찾아 앉았다. 급히 앉느라 주변을 살피지 못한 탓에 옆자리에 앉은 여자아이의 가방에 달린 키링을 손으로 눌러버렸다. 릴리는 화들짝 놀라서 옆으로 당겨 앉았다. 옆자리에는 까만 머리칼 진한 초록빛의 눈동자를 가진 릴리 또래로 보이는 여자아이가 앉아 창밖을 보고 있었다. 여자아이는 자신을 쳐다보는 릴리의 시선을 느끼고는 릴리를 힐끔 쳐다보았다.

"너도 세베레스 아카데미아에 다니니?"

릴리가 그 아이의 가방도 릴리가 세베레스 아카데미아에 등록했을 때 받은 가방과 똑같다는 것을 알아차리고 물었다.

"응. 오늘이 첫 입학이야. 너는 이름이 뭐야? 나는 제니 가르시안이라고 해."

"그래? 나는 릴리 캐리스피안이야."

그 후 잠시 어색한 침묵이 흘렀다. 그러나 다행히 제니도 릴리와 같은 활달한 성격이었기 때문에 서로 손쉽게 말문을 열 수 있었다. 그렇게 릴리와 제니는 수다를 떨며 버스가 세베레스 아카데미아에 서둘러 도착하기를 기다렸다.

세베레스 아카데미아에서는 입학식에서 '테사우루스'라고 하는 독특한 행사가 있다. 행사 방법은 간단하다. 그냥 상담 선생님께 다가가 눈을 마주치고 손을 맞잡으면 선생님께서 학생의 강점과 학생에게서 보이는 보석의 기운을 느낀다. 물론 이것은 상담 선생님의 눈에만 보인다. 그 후 딱 보아도 신비롭게 생긴 조그마한 자루에서 보석들이 곧장 상담 선생님의 손으로 날아온다. 단색으로 보석이 배정되는 경우도 간혹 있지만 대부분은 두세 가지의 색이 절묘한 조합으로 섞여 학생에게 주어진다. 릴리가 안내책자를 읽고 있는 사이 어느새 릴리의 차례가 되었다.

릴리는 부드러운 인상을 주는 상담 선생님의 살짝 주름진 눈을 바라보며 손을 맞잡았다. 입학생 모두의 보석을 배정해 주려면 지칠 법도 한데 상담 선생님은 힘든 기색도 없이 학생 하나하나를 상대할 때마다 따뜻한 미소로 반겨주셨다. 릴리는 긴장한 상태였지만 선생님이 친절하게 대해 주신 덕에 조금은 긴장이 덜해진 것 같았다.

드디어 기대하던 보석을 받을 순간이 찾아왔다. 릴리는 어떤 보석을 받게 될지 궁금했다. 그런데 상담 선생님이 당황한 기색을 띠며 자루 안을 들여다보는 것이었다. 심지어는 손을 자루 깊숙이 넣어 뒤적거리기도 했다. 릴리는 한순간에 얼어붙어 버렸다. '지팡이가 내 말을 듣지 않았던 것처럼 보석들에게도 선택을 받지 못하면 어쩌지? 그러면 나는 학교도 다니지 못하는 건가?' 그런데 갑자기 이미 배정받은 아이들의 보석이 떨렸다. 그 후 각 보석의 색이 튀어나와 똘똘 뭉쳐지더니 상담 선생님의 손으로 날아왔다. 상담 선생님이 말씀하셨다.

"너는 여러 가지 보석을 배정받았구나. 너는 한 가지뿐만 아니라 여러 가지의 강점이 있나 봐. 이런 경우는 몹시 드물단다. 이런 경우에는 세베레스 아카데미아의 교장 자격이 주어지기도 한단다. 지금 교장 선생님이신 제널드 가르고스 선생님도 오래전 학생이었을 때 여러 가지 색의 보석을 받으셨단다. 그리고 9년 전 그 사실을 증명하신 뒤 교장 선생님의 자리에 오르셨단다. 참 좋으신 교장 선생님이신데. 1년 뒤에 퇴임하셔야 한다니…, 그게 안타까울 뿐이란다. 아무튼 너무 무겁게 받아들이지는 말고! 너의 여러 강점을 잘 활용하여 학교생활에 임하기를 바란다. 너는 리엔 에이번스 선생님께로 가면 된다. 그리고 학교 생활이 힘들 때면 너 같은 아이들이 잘 돌봐 주시는 세라스티나 선생님께로 가면 된단다. 그분은 마법물약을 담당하시는데 정말 친절하셔."

릴리는 대답 대신 활짝 웃어 보였다. 상담 선생님께서 일러 주신 대로 리엔 에이번스 선생님께로 발걸음을 뗐다. 세라스티나 선생님의 사무실은 입학식장에서 그리 멀지 않았다.

덕분에 릴리는 금세 도착할 수 있었다.

릴리는 심호흡을 하고 문을 두드렸다.

"세라스티나 선생님, 계세요?"

세라스티나 선생님이 물었다.

"어머, 넌 누구니? 처음 보는 학생인데."

"저는 이번에 새로 입학한 릴리 캐리스피안이에요. 상담 선생님께서 선생님께서 도와주실 거라고 하셨어요."

세라스티나 선생님은 이해하고 말했다.

"아, 그런 거였구나. 그럼 어서 들어오렴."

세라스티나 선생님의 사무실은 온갖 재료와 알록달록한 색색의 물약으로 가득했다. 하지만 그와 동시에 무척이나 안락한 공간이었다. 세라스티나 선생님이 말했다.

"자, 그럼 이제 말해 보렴. 무엇 때문에 찾아온 거니?"

"저는 사실 마법을 쓸 수 없어요. 그래서 지팡이도 가지고 오지 않아서 수업을 따라가기 어려울 것 같아요."

"그래서였구나. 걱정 마렴. 내가 도와줄 테니."

릴리는 당황하며 말했다.

"그럼 선생님께서는 제가 마법을 쓸 수 없어도 이상하지 않으세요?"

"그럼. 세상에는 다양한 사람이 존재하는걸. 그러니까 마법을 쓸 수 없는 사람도 한 명쯤은 있을 수도 있지."

릴리는 세라스티나 선생님의 말과 태도에서 할머니께 느꼈던 고마움을 다시 느꼈다. 그때 세라스티나 선생님이 물었다.

"자, 그럼 내가 어떻게 도와줄까?"

그러나 그때 시계 종소리가 울렸다. 세라스티나 선생님이 당황하며 말했다.

"어머, 벌써 시간이 이렇게 됐네. 그럼 나는 이만 가 보마. 자세한 건

다음에 알려 줄게."

　이렇게 말하고는 선생님은 나가 버렸다. 그리고 릴리는 선생님 사무
실에서 나갔다. 1시간 뒤에 다시 왔지만 선생님께서는 계시지 않아 릴
리는 어쩔 수 없이 집으로 돌아갔다.

04

첫 수업

결국 세라스티나 선생님을 만나지 못한 채 첫 수업 날이 되었다. 릴리는 마법을 쓸 수 없는데, 수업을 잘 따라갈 수 있을까 걱정이 되었다. 게다가 세라스티나 선생님도 만나지 못해 더욱 걱정이 되었다. 어릴 때 친하게 지내던 클로이와 루비는 다른 학교로 가게 되어 릴리는 친구가 없었다. 하지만 다행히도 버스에서 만난 제니와 같은 반이 되어서 릴리는 생각했다.

'그래도 제니랑 같은 반이 되어서 다행이다. 아는 또래 아이라고는 제니밖에 없는데.'

릴리는 교과서를 사물함에 정리하면서 제니와 가벼운 이야기를 나눴다. 이상하게도 행복한 1년이 될 것 같다는 예감이 들었다. 이제 1교시 수업 장소로 이동해 달라는 안내방송이 들려오자 릴리와 친구들은 줄을 맞춰선 후 이동했다.

첫 수업의 선생님은 깐깐하기로 소문난 지팡이학 선생님이었다. 선생님은 깡마른 몸에 갈색 머리칼에 갈색 투피스를 입고 있어 마치 지팡이처럼 보였다. 선생님이 들어오자 소란스럽던 교실이 금세 조용해졌다. 갑자기 선생님이 교탁을 내리치며 소리쳤다.

"주목! 나는 지팡이학을 맡은 안드라 스케월이다. 지팡이학은 매우 심오하고도 어려운 학문이다. 그러니 학교에서 배우는 기초적인 내용조차 따라가기 어려운 머리를 가진 사람은 당장 나가!"

그러나 아무도 나가지 않았다. 그러자 안드라 선생님이 말했다.

"좋아, 다행히도 신입생 중에 그런 멍청이는 없는 모양이군. 그렇다면 기초 중의 기초, 지팡이 상태 점검부터 하겠다. 모두 지팡이 꺼내!"

릴리는 깜짝 놀랐다. 어차피 마법을 쓸 수 없어 필요 없을 것 같아 지팡이를 가져오지 않았기 때문이다. 하지만 릴리가 안절부절못하는 사이 안드라 선생님은 벌써 지팡이를 꺼냈는지 확인하고 있었다.

"흠, 골드스틱 브랜드에 우드? 박물관에서 훔친 건가? 실버? 너는 그래도 좀 낫군. 이그젝틀리 9? 이걸 보니 우드는 박물관에서 훔친 게 아니군. 골드스틱의 골드라면 딱 좋지. 내 지팡이도 그건데. 뭐야? 이그젝틀리 4? 하! 그건 교육청에서 들고 수업을 듣지 못한다고 법까지 만들었다고! 그걸 챙겨오다니, 원! 눈 낮은 교육청도 금지했다고! 다음 수업까지 지팡이를 한 개 더 사 와라. 넌 뭐야? 골드스틱 브랜드에 다이아? 쓸데없이 겉멋만 부렸군. 있어 보이려고 어차피 몇 년 후에 새로 살 지팡이에 돈 낭비나 하다니. 엑설런트 777? 123? 굳이 왜 그딴 거에 벨카르를 들였는지 모르겠군. 행운이나 미신을 믿는 멍청이들은 예

언의 학교 '프로페타 미라'에 가는 게 훨씬 낫겠는데? 나라면 그걸 살 바에는 햄버거를 먹겠다. 넌 골드스틱의 스톤이니? 정말! 거기에는 도난 방지센서가 달려 있기는 한가? 달려 있다고? 그래도 많이 뒤처질 것 같군. 도구도 고수의 오른팔이 될 수 있거든. 뭐야? 너는 왜 지팡이를 안 꺼낸 거지?"

어느새 안드라 선생님은 릴리의 앞에 와 있었다. 릴리는 당황해서 더듬거렸다.

"저, 저는 그게…."

그러자 안드라 선생님은 더 화를 냈다.

"더듬지 말고 똑바로 말해! 왜 지팡이를 안 꺼내는 거야. 내 말이 우스워? 아니면 새학기 첫날부터 준비물을 까먹는 멍청이인 건가? 아님… 나가라고 내가 말을 했을 때 짐을 챙기고 나가려다 내가 너를 보지 못하고 멍청이는 없군이라고 말한 건가?"

안 그래도 낯가림이 꽤 심한 릴리는 더더욱 얼어붙어 버렸다. 그때 릴리의 옆에 앉아있던 제니가 나섰다.

"안드라 선생님. 릴리는 지팡이를 다룰 수 없어서 필요 없을 거라 생각해 지팡이를 가지고 오지 않았어요. 그리고 지팡이학 수업은 원래 오늘이 아닌데 갑자기 시간표가 변경되어서 저희는 학교에 도착해서야 지팡이학 수업이 있는 걸 알게 됐어요."

안드라 선생님은 당황한 듯 말했다.

"그, 그래. 하지만 나는 너에게 묻지 않았다. 가르시아 양.

그리고 캐리스피안! 앞으로는 더듬지 말도록. 아무튼 잘 알았다.

가르시아 양, 너는 캐리스피안 양과 친한 것 같으니 네가 많이 도와주도록! 내 친구 중에도 너처럼 지팡이를 쓰지 못하는 애가 있단다, 캐리스피안 양. 그리고 이그젝틀리 4보다 레벨이 낮은 지팡이나 엑설런트 3보다 레벨이 낮은 지팡이를 가진 학생들은 다음 주 수요일에 내 수업이 있으니, 그때까지 하나 더 장만해 오도록!"

안드라 선생님의 수업 후 쉬는 시간이 단 3분 남자 시계를 보고 환호성을 지르다 안드라 선생님께 '부모님 모시고 오라'는 굉장한 벌을 받은 아이들도 적지 않았다. 릴리와 제니는 슬슬 가방을 챙기고 교과서를 들었다.

"자, 오늘 심오하고도 어려운 지팡이학을 배웠다. 아마 이번 수행평가에서 재시험을 보지 않아도 될 것 같은 학생은 몇 명 되지 않을 것 같군. 다음 수업까지 열심히 공부해 오도록!"

그러자 교과서 내용을 달달 외우고 있어서 개학한 지 하루 만에 '걸어 다니는 백과사전'이라고 별명이 생긴 로렌스 에스트렐라만이 힘차게 대답했다.

"네!"

그다음부터는 제니가 수업을 도와준 덕분에 어느 정도 수업을 이해할 수 있었다. 비록 수업에서 직접 활동을 해 보지는 못했지만 그래도 수업을 이해할 수는 있어 릴리는 제니에게 무척이나 고마웠다. 그런 릴리를 제니는 매일 한결같이 수업을 도와주었고, 릴리는 제니와 둘도 없는 절친이 되었다. 물론 가끔씩 서로 싸우기도 했지만 둘은 워낙 친해서 서로가 없으면 견디기 힘들어했다. 그래서 보통 하루 안에 다시 화해했다.

05

사고

　　그렇게 평화롭기만 하던 어느 날, 릴리는 여느 때처럼 제니와 팔짱을 끼고 마법물약 교실로 향하고 있었다. 학교의 따분한 수업 중 마법물약 수업이 그나마 재밌는 편이었다. 오늘의 수업 내용은 몇 주 동안 이론으로만 배우던 생물체를 다른 생명체로 바꾸는 물약을 복용시킨 후 주문을 외우는 수업이었다. 일명 '생물체 변화 마법'이다. 그러나 열심히 노트 정리를 하며 마법 주문을 복습하던 릴리는 데릭과 눈이 마주쳤다. 데릭은 릴리와 눈이 마주치자 화들짝 놀라며 고개를 떨궜다. 릴리는 미심쩍어하며 노트로 눈을 돌렸다. 드디어 릴리의 학교 생활 첫 마법 주문을 외울 시간이 되었다. 한창 주문을 외우려고 고군분투하던 그때! 일어나서는 안 되는 사고가 일어나고야 말았다. 데릭이 마법 주문을 잘못 외운 것이다. 그 실수는 괴생명체를 만들어버렸다.

　그 괴생명체는 정말 흉측한 생김새를 가지고 있었다. 뭐라고 형언할 수 없는 울퉁불퉁하고 끈적한 점액질이 흐르는 피부에 쇠를 긁는 듯한 끔찍한 울음소리를 냈다. 그 괴생명체는 교실의 대혼란을 불러일으켰다. 다른 아이들은 징그럽다고 시끄럽게 소리를 지르며 교실의 온갖 물건들을 던져댔다. 불행히도 그 괴생명체는 물건에 맞을 때마다 점점 커졌다. 아이들이 그 사실을 알아채고 물건을 던지지 않게 되었을 때는 괴물이 이미 교실을 가득 채울 만큼 커진 뒤였다. 그걸 본 다른 아이들은 순간이동 마법을 이용해 교실 밖 복도로 신속히 대피했다. 하지만 릴리는 마법을 쓸 수 없었기 때문에 대피하지 못했다.

괴생명체는 계속해서 흥분하며 날뛰었다. 하필이면 오늘 마법 생물 선생님과 교장 선생님이 출장을 가신 날이었다. 세라스티나 선생님이 혼자서라도 열심히 괴생명체를 진정시키기 위해 노력하였지만 무리였다.

그 순간, 대피하지 못한 릴리를 본 세라스티나 선생님은 릴리에게 다급히 소리쳤다.

"릴리, 왜 대피하지 않았니? 여긴 위험해! 어서 대피하렴!"

그러자 릴리도 크게 외쳤다.

"선생님, 저는 순간이동 마법을 할 수 없어서 대피할 수 없어요!"

"그럼 일단 저 구석에 피해 있도록 해!"

"네, 선생님!"

릴리는 교실 구석으로 급히 피했다.

다음 순간 릴리의 친구들과 선생님은 굉장히 놀라고 말았다. 릴리가 갑자기 구석에서 나와 괴물을 진정시키려고 노력하는 선생님과 괴물에게로 점점 더 다가가고 있었던 것이었었다. 릴리는 조심스럽게 그러나 분명하게 다가가고 있었다. 친구들과 선생님은 소리치며 릴리에게 돌아오라고 했지만 릴리는 아랑곳하지 않고 괴물에게 점점 더 다가갔다. 보다 못한 선생님이 마법 주문을 외워 릴리를 뒤로 잡아끌려고 했지만 릴리에게는 어째서인지 마법이 통하지 않았다. 선생님과 반 아이들은 패닉 상태에 빠졌다. 때문에 더욱 시끄러운 소리를 질러댔다.

그러나 릴리가 괴물에게 더욱 가깝게 다가가자 선생님과 친구들은 침묵을 지켰다. 괴물을 소리쳐서 흥분시키면 릴리가 더 위험해질 수도 있다는 생각이 들어서인 것 같았다. 하도 놀라 입이 얼어붙어서 그럴 수도 있었지만 릴리는 그냥 그렇게 받아들이기로 했다.

제니는 '이러다 릴리가 다치면 어쩌지?' 하며 두려웠다. 하지만 몸이 얼어붙어서 입이 열리지를 않았다.

릴리는 괴물에게 더 가까이 다가갔다. 그러자 놀랍게도 괴물은 점점 안정을 찾아가는 듯한 모습을 보였다.

그걸 누구보다 먼저 눈치챈 선생님께서 괴물을 다시 닭으로 바꿔 주셨다.

교실이 차츰 안정이 되찾자 제니가 릴리에게 다가왔다. 그 후 교실 밖 창문으로 릴리와 괴물의 사투를 보고 있던 아이들이 하나둘씩 교실로 들어왔다. 모두 환한 안도의 미소를 머금은 모습이었다. '걸어 다니는 백과사전' 로렌스도 릴리에게 정말 대단한 능력을 가졌다고 칭찬해 주었다.

"와, 릴리! 너 정말 멋있다! 대단해! 정말 멋진 능력이야! 네가 부러운 걸! 우리 친구 할래? 나는 네가 마음에 드는데."

릴리도 친구가 한 명 더 생겼다는 기쁨에 크게 대답했다.

"좋지! '걸어 다니는 백과사전'이랑 친구 하면 좋은 점이 많은걸~!"

로렌스가 자기 집은 이쪽이라며 다른 방향으로 헤어지자 릴리와 제니는 서로 손을 잡고 집으로 걸어갔다. 그런데 그때, 데릭이 핸드폰에 머리를 박은 채로 둘 쪽으로 오더니 거친 목소리로 말했다.

"그깟 괴생명체를 해치웠다고 잘난 척하지 마라, 캐리스피안! 꼴 보기 싫으니까! 나는 너 같은 장애인을 무척이나 싫어해!"

릴리는 눈물을 삼키고 있었다. 이 눈물을 제니에게 들키고 싶지 않았다. 제니가 데릭에게 맞섰다.

"솔직히 너처럼 폰을 머리에 박고 다니면서 괴생명체 만들어내고, 하루에 기본 다섯 번은 혼나는 너와 릴리는 비교가 안 된다는 것도 모르는 넌 바보냐? 밴헬싱."

그 말에 데릭은 릴리를 쏘아 보며 다시 릴리를 거칠게 밀치고선 집을 향해 걸어갔다.

06

실마리

드디어 방학이 되었다. 릴리는 무척이나 들떠있었다. 왜냐하면, 엄마, 아빠가 방학 마지막 주에 올림픽 개막식에 데려다주시기로 하셨기 때문이다. 꿈에 그리던 올림픽을 직접 현장에 가서볼 수 있게 된 릴리는 기다리는 동안 올림픽 개막식이 어떨지 상상해보았다. '이번 올림픽 개막식은 어떨까? 마법 생명체들이 묘기를 부릴까? 불의 요정들이 불의 고리를 만들면 난쟁이들이 그걸 뛰어넘는다든가, 아니면 물의 정령과 불의 정령이 결투를 벌이는 거야. 상상만 해도 재밌겠는걸.' 릴리는 너무 재밌을 것 같아 상상만으로도 피식 웃음이 새어 나왔다. 그때 사회자가 말했다.

"안녕하세요, 신사 숙녀 여러분. 저는 올림픽 개막식에 사회를 맡은 엔도 피넬입니다. 이번 올림픽 개막식에는 아주 특별한 분이 초청되었는데요. 자, 박수로 맞아 주세요. 대마법사 사라 벨카르 님이십니다!"

사람들의 환호 소리가 들렸다. 모두 박수를 치며 '사라 벨카르'라고 연신 소리쳤다. 릴리는 그 사람이 그렇게 대단한 사람인가 싶었다. 그 순간 사라 벨카르가 말하기 시작했다.

"안녕하세요, 여러분 사라 벨카르입니다. 부족한 저를 대마법사라고 불러 주시니 정말 과분하군요. 10년 만에 열리는 올림픽이니 다들 기대가 크실 것 같습니다. 10년 사이에 원래 두 번은 열렸어야 할 올림픽이 10년 동안이나 열리지 않은 사실이 매우 안타깝습니다. 하지만 그 10년 동안 관객들의 기대는 더 커지고, 선수들의 실력은 더 성장했을 것입니다. 게다가 이번 올림픽은 오랫동안 참가하지 않았던 에스코가 참가하여 12 국가 모두가 참가하게 되어 더욱 의미가 커진 만큼 멋진 경기를 보고 싶습니다. 박수로 열심히 응원해 주시기를 바랍니다."

다시 사회자가 마이크를 잡았다.

"자, 그럼 여기까지 대마법사 사라 벨카르의 축사였습니다. 자, 그럼 이제 성배에 불을 붙여 볼까요? 성배에 불을 붙여 줄 불의 요정들입니다!"

"와~!"

사람들의 환호성이 들렸다. 릴리는 지금까지는 무척이나 지루했지만, 이번만큼은 정말 흥미로웠다. 왜냐하면, 불의 요정들은 매우 아름다웠기 때문이다. 그도 그럴 것이 살짝 상기된 뺨과 조각 같은 얼굴, 새하얀 피부, 진홍색 입술과 신비로운 붉은 눈동자, 타오르는 듯한 붉은 머리카락에다가 노란색의 하늘하늘한 예쁜 드레스를 입고 있었기 때문이다. 그런데 자세히 보니 머리카락이 그냥 타오르는 듯한 것이 아니라 진짜 타오르고 있었다. 하지만 불의 요정들이 내뿜는 열기는 무척이나 뜨거웠다. 불의 요정들은 순식간에 올림픽 개막식장을 달아오르게 했다.

릴리는 불의 요정들이 성배에 불을 붙이고 나서 전 세계의 대통령들이 축사하고 있을 때 리스, 피터에게 말했다.

"목도 마르고, 지루해서 그러는데 잠깐 물 좀 마시고 와도 돼요?"

리스가 대답했다.

"그러럼, 대신 물만 마시고 바로 돌아와야 한다."

리스는 흔쾌히 허락했다.

릴리는 나가면서 관중석을 쳐다봤는데 문득 궁금한 점이 생겼다.

'우리나라 관중석은 가득 차 있는데, 왜 다른 나라 관중석은 군데군데 비어 있지?'

계속 관중석을 쳐다보며 걷던 릴리는 누군가와 부딪쳤다. 릴리는 말했다.

"죄송합니다."

그리고 고개를 들었는데 깜짝 놀라 입을 틀어막았다. 부딪친 누군가가 처음 보는 생명체였기 때문이다. 마치 누군가가 천 보자기를 뒤집어 쓰고 다니는 것 같았다. 게다가 그 생명체는 반투명했기 때문이다.

릴리는 뒷걸음질 치다가 냉큼 숙소로 달려갔다. 그리고 집에 들어가서 침대 위에 이불 속으로 들어가자 긴장이 좀 풀렸다. 그러자 궁금한 점이 생겼다.

'그 생명체는 무엇이었을까?'

릴리는 이불을 뒤집어쓰고 애써 흥분을 가라앉혔다.

잠시 후 엄마와 아빠가 돌아오셨다.

"릴리! 물만 마시고 오겠다고 하지 않았니? 계속 찾았단다!"

"죄송해요. 엄마… 물 마시러 가는 길에 누군가와 부딪혔는데 부딪힌 것이 처음 보는 생명체이었거든요…."

"…. 그 생명체가 어떻게 생겼지?"

"반투명하고 누군가가 천 보자기를 뒤집어쓴 것 같이 생겼어요…."

"…."

엄마가 갑자기 전화기를 꺼내고는 어딘가에 전화를 걸었다.

"올리버 씨… 릴리가… 유령… 기억을… 음…."

엄마는 목소리를 작게 하여 통화를 하였다. 그래서 릴리는 통화내용이 조금밖에 들리지 않았다.

"엄마 무슨 일이에요?"

"아무 일도 아니란다. 릴리 시간이 늦었어. 빨리 자러 가렴."

릴리는 다음 날 새벽에 깨야 했다. 왜냐하면, 오늘은 할머니 댁에 가야 하기 때문이다. 피터와 리스가 둘 다 이틀간 촬영으로 인해 해외로 가야 했기 때문이다. 할머니가 오셔서 릴리를 데리고 가셨다. 릴리는 할머니와 즐거운 시간들을 보냈다. 릴리가 마법 지팡이에 선택을 받지 못했다는 이야기를 들으시곤 전혀 놀라지 않으셨다.

"이 세계에는 장애로 인해 몸의 일부가 없는 아이도 있고, 가족 구성원이 특이한 아이도 있어. 그런데 네가 마법 지팡이를 다루지 못한다고 해서 그것은 전혀 이상한 일이 아니야. 그저 너의 성격일 뿐이지."

릴리는 할머니에게 고마움을 느꼈고, 릴리는 피터와 리스에는 하지 못하는 말들도 할머니에게는 마음 놓고 말할 수 있었다. 할머니와의 이야기가 계속되던 도중 릴리는 할머니께서 아끼시는 화분 옆에 세워져 있는 액자를 발견했다. 처음에는 그냥 할머니에게로 눈을 돌리려 했지만, 자꾸만 눈이 액자로 갔다. 릴리가 액자를 보며 눈을 떼지 못하는 걸 보고는 할머니께서 웃으며 말씀하셨다.

"저 스크래치 페이퍼로 된 액자가 마음에 드니?"

릴리가 대답했다.

"네. 너무 예뻐요."

그러자 할머니께서는 릴리에게 그 스크래치 페이퍼 액자를 선물로 주셨다. 릴리는 할머니한테 감동하며 말했다.

"정말 저 주셔도 되는 거예요?"

"당연하지. 우리 예쁜 릴리가 맘에 든다는데 당연하고말고."

그리고 다음 날 저녁 리스와 피터가 릴리는 데리러 왔다.

"릴리!"

"엄마!"

"잘 있었어?"

리스가 물었다. 그리고 릴리가 당연하다는 듯 대답했다.

"그럼요. 엄청 재밌었어요."

그리고 릴리는 할머니께 말했다.

"다음에 또 올게요."

그다음 릴리는 집으로 돌아갔다.

07

엿들어 버린 둘의 대화

늦은 밤, 릴리는 화장실에 가기 위해 깼다. 그런데 아래층에서 어떤 소리가 들렸다. 발걸음을 멈추고 보니 작지 않은 소리도 들렸다. 릴리는 귀를 쫑긋 세우고 최대한 빠짐없이 들었다. 그것은 리스의 목소리였다. 릴리는 대체 리스가 이 늦은 시각 무엇을 하려는 것인지 궁금해서 더욱더 소리를 죽였다.

"네? 올리버 씨! 지금 릴리의 기억 조작이 불가능하다고요? 지난번에 체스터 도어가 불법 생명체 관리부에서 붙잡혔을 때 체스터가 기억 조작 장치를 망가뜨리고 '이그니스 이엘로'로 완전히 파괴했다고요? 그자는 유령 애호가라고요? 지금 뭐 하자는 거죠? 다름 아닌 제 딸이에요! 유령이 무엇인지를 모르고 떠벌리고 다니면요? 학부모들이 저와 피터를 더 깎아내리는 소문을 퍼뜨리고 다니면요? 누구보다 우리를 잘 안다고, 누구보다 우리를 이해한다고 생각해 왔어요! 아닌가 봐요? 그럼 저랑 피터는 이제… 흑흑."

그러자 이번엔 리스의 핸드폰에서 흘러나오는 목소리가 릴리에게 들렸다.

"리스, 아니에요! 절대로 그럴 일은 없을 거예요! 지금 레즈웨더윈스에 있는 기억 조작 장치를 개발한 코텐마크에게 직접 대사관이 찾아가 1,000벨카르를 주며 되도록 빨리 하나만 더 만들어 달라고 부탁하고 있습니다. 그러니까 조금만 더 기다리면 돼요!"

릴리는 그 목소리가 피터의 오촌 올리버의 목소리라는 것을 알았다. 아래층에서 다시 리스의 목소리가 들려왔다.

"나는 내 하나뿐인 딸이 내 인생과 피터의 인생과 자신의 인생까지 망치지 않기를 바라요. 아시겠어요? 나는, 기억 조작 장치가 릴리의 기억을 조작해 줄 때까지 절대로 두 발 뻗고 잘 수 없어요. 최대한 빨리 일이 처리될 거라 믿겠어요…"

이번에는 올리버의 목소리가 리스의 핸드폰 사이로 흘러나왔다.

"꼭 그렇게 할 거예요. 걱정할 필요 없어요. 다음 주까지 처리할게요. 약속해요! 그리고 리스, 사실은 불법 생명체 관리부에서 유령을 본 에스코 주민의 기억이 자동으로 삭제되도록 매우 복잡한 주문을 걸어 놓았습니다. 다만, 주문을 건 사람이 주문을 잘못 걸어서 그래서 어떤 사람들에게만 마법이 적용되게 되었습니다. 하지만 주문을 잘못 외운 사람에게 엄청난 시련이 따랐고, 그 사람은 10년 동안이나 집 밖으로 나가지 못했습니다. 그래서 사람들은 아무도 주문을 외우려 하지 않았고 그래서 기억 조작 장치를 개발하는 데에 100벨카르의 상금을 불법 생명체 관리부에서 걸어 코텐마크가 기억 조작 장치를 만들고 상금을 따 간 것입니다."

리스가 말을 시작했을 때 그녀는 굉장히 흥분한 상태였다.

"그렇다면 릴리도 기억이 지워져 있을지도 모르겠네요! 그럼 내일 제가 릴리에게 유령같이 생긴 캐릭터를 보여주며 무엇을 닮은 건지 알 수 있겠군요! 그러면…."

그때 올리버가 말을 끊었다.

"목소리 낮춰요, 리스! 이러다가 릴리가 깨겠어요!"

리스는 조금 더 작아진 목소리로 입을 열었다.

"네, 그러니까 기억이 삭제됐다면 아마도 비닐봉지 같다고 하거나 프리몰(유령과 몹시 닮은 생명체로, 유령과는 아무런 관련이 없다.) 같다고 할 테니까요! 아무튼 늦은 시간에 전화받아 주어서 고마워요!"

"별말씀을. 그럼 끊어요. 편안한 밤 되세요!"

릴리는 리스가 전화를 끊고 릴리의 방으로 들어와 자고 있는지 확인하러 온다는 생각이 들어 최대한 조용하고 빠르게 침대로 들어갔다. 리스는 조금 뒤 릴리의 방으로 들어와 릴리가 잔다고 확신하고서 다시 아래층으로 향했다.

다음 날 아침, 리스는 릴리에게 유령 모양 그림을 보여 주며 이것이 무엇과 닮았냐고 물었고, 릴리는 비닐봉지와 모양이 유사하다고 대답함으로써 기억 조작을 받지 않게 되었다. 그날 저녁, 리스와 피터의 추가 촬영 일정이 갑자기 잡혀 버리는 바람에 할머니께서 집에 찾아와 주셨다. 릴리는 스크래치 액자를 보며 문득 이런 생각이 들었다.

'처음 보는 무늬인데 혹시 뜻이 있을까?'

그 무늬의 뜻이 너무나도 궁금했던 릴리는 할머니께 한번 여쭤봤다.

"할머니, 혹시 저 액자에 있는 무늬 말이에요, 혹시 무슨 의미가 있어요?"

"아, 그건 금계국 무늬란다. 금계국은 '항상 명랑하다.'라는 꽃말을 갖고 있지."

"그럼, 저 액자 속에 있는 사람은 누구예요? 왠지 낯이 익은데…"

할머니는 잠시 생각에 잠긴 듯했다. 그리고 조금 뒤 대답했다.

"그 사람은 할머니의 친구 사라 벨카르란다."

"네? 그 사람은 대마법사잖아요."

릴리는 너무 놀라 입은 다물 수조차 없었다.

"그렇지, 할머니가 세베레스 아카데미아에 다니던 시절 가장 친한 친구였단다. 비록 지금은 서먹해졌지만 사라는 항상 명랑한 친구였지. 그래서 저 스크래치 액자의 무늬도 금계국 무늬로 새긴 거란다."

릴리는 깜짝 놀라 물었다.

"그럼, 저 무늬가 할머니께서 새긴 거였어요? 솜씨가 굉장하신데요?"

"호호호, 할머니 손재주가 꽤 좋지? 내가 젊었을 때는 마을에서 스크래치 액자 잘 만들기로 꽤 널리 이름을 날렸단다. 한때는 이웃 마을에서도 나에게 액자를 의뢰하러 찾아오기도 했었지. 덕분에 좀 골치 아픈 일이 생겨서 지금은 혼자 조용히 액자를 만드는 일을 즐기고 있단다. 다음에 우리 릴리 사진도 스크래치 액자에 넣어 주마."

"정말요? 감사합니다. 그런데 금계국 옆에 있는 저 덩굴은 뭐요?

"저 덩굴은 담쟁이덩굴이란다. 공생을 뜻하지. 사라는 항상 식물과 마법사가 공생하는 세상을 꿈꿔 왔단다."

릴리가 놀라 되물었다.

"하지만 식물과 마법사는 같이 살고 있잖아요."

"릴리야, 꼭 같이 살고 있다고 해서 공생은 아니란다. 지금 식물들은 마법사들에 의해 많이 훼손되고 있어. 사라는 그걸 막고 싶어 했단다."

릴리는 수긍하고 고개를 끄덕였다.

그 후 몇 밤을 할머니와 함께 보내기로 했다. 하지만 금방 돌아올 것 같았던 리스와 피터는 방학이 끝날 때까지 돌아오지 않았다. 때문에 릴리는 방학의 대부분을 할머니와 함께 보냈다. 다른 사람들이라면 싫어할 수도 있는 상황이었지만 릴리는 할머니와 보내는 시간이 정말 편안했다.

08

제니의 집에서

시간이 흘러 개학 전날이 밝았다. 하지만 차를 운전할 줄 모르시는 할머니는 릴리를 데려다줄 수 없었기에 하는 수 없이 릴리는 카일론 에그마인을 타고 집으로 향할 수밖에 없었다(카일론 에그마인은 하늘을 나는 전철 같은 마법 세계만의 교통수단인데, 주로 페가수스를 전철 끝에 묶어서 비행하는 시스템이다. 간혹 몇몇 바닷가 마을에 가면 페가수스 대신 용마를 묶어 잠수함과 비슷한 형태로 사용하기도 한다. 요금이 싸서 학생들도 학원이나 집을 왔다 갔다 할 때 많이 이용한다).

리스와 피터도 돌아오지 않았고, 둘도 이보다는 일찍 돌아올 수 있을 줄 알았기에 가정부에게 휴가를 주었다. 그 말은즉슨 릴리가 혼자 끼니를 해결해야 한다는 것이었다. 릴리는 방학 기념으로 엄마 아빠와 함께 갔던 레스토랑으로 향했다. 그리곤 테이블을 안내받고 자리에 앉아 웨이터가 오기를 기다렸다. 때마침 웨이터가 다가오자 메뉴판을 보고 있던 릴리는 소고기 스테이크 하나와 까르보나라 하나, 토마토 리조또를 주문했다. 그러자 얼마 지나지 않아 음식이 나왔다. 릴리는 음료 없이 스테이크랑 파스타, 리조또만 주문했지만, 할아버지뻘인 점장님은 릴리를 귀여워하시며 오렌지 주스를 서비스로 주셨다. 음식은 굉장히 훌륭했다. 릴리는 음식을 조금 남기고 값을 계산한 후 레스토랑을 나섰다.

저녁 식사를 마친 릴리는 곧장 집으로 향했다. 아침부터 학교에 가기 위해 에그마인을 타서 피곤했기 때문이었다. 릴리는 종종걸음으로 집 근처까지 다다랐다. 집이 보이자 릴리의 마음이 한결 편안해졌다. 집에 도착하자 릴리는 음성인식 기능이 탑재된 현관문 도어락에 "다녀왔어."라고 말했다. 그러나 도어락은 릴리의 목소리를 인식하지 못했다. 하필이면 할머니께서 집에 가신 날이라서 여러 번 다시 시도해 봤지만, 그때마다 결과는 같았다. 릴리는 할머니께도 전화를 걸어 봤지만, 할머니께서는 받지 않으셨다. 릴리는 하는 수 없이 옆집으로 향했다. '똑똑똑' 릴리는 조심스럽게 노크를 했다.

"끼익."

가벼운 나무 마찰음이 들리더니 안쪽에서 굵직한 남성의 목소리가 흘러나왔다.

"잠시만 기다리렴."

릴리는 기다렸다.

"우당탕!"

둔탁한 소리가 조용한 침묵을 깼다. 곧이어 뚱뚱한 몸매를 가진 남자가 현관문을 거쳐 릴리 앞에 모습을 드러냈다. 나이를 가늠할 수 없을 정도로 윤이 나는 피부를 가진 남자는 릴리에게 말을 걸었다.

"무슨 일이니, 꼬마야?"

릴리는 꼬마라는 말을 오랜만에 들어 왠지 어색한 느낌이 들었다. 그러나 내색하지 않고 이렇게 말했다.

"혹시 전화를 좀 빌릴 수 있을까 해서요."

"그럼 당연히 빌려주지. 하지만 오래는 안 된단다. 요즘 통화료가 올라서 말이야."

남자는 재치 있는 말투로 주의를 주었다. 릴리는 가만히 고개만 끄덕였다. 남자는 그걸 끝으로 집 안쪽으로 들어갔다. 그리고 릴리는 뻘쭘하게 서 있다가 눈치를 살피고는 남자를 따라 들어갔다. 잠시 뒤 남자는 방에서 휴대전화를 들고 나왔다. 릴리는 얇게 목례를 하고는 제니의 번호를 눌렀다. 곧이어 제니의 밝은 목소리가 전화를 타고 들려왔다.

"릴리, 무슨 일이야?"

"제니야, 나 지금 엄마 아빠가 해외로 출장을 갔는데 음성인식 장치가 고장 났는지 인식이 안 돼서 집 안에 못 들어가. 그래서 미안하지만, 하루 동안만 너희 집에서 지낼 수 있을까?"

릴리는 제니에게 미안한 마음이 들었다. 그러나 제니는 릴리의 조심스러운 부탁에 대답했다.

"그럼, 물론이지. 친구 좋다는 게 뭐니?"

그렇게 릴리와 제니의 즉흥적인 파자마 파티가 진행되었다. 제니는 릴리의 상황이 안타까웠지만, 한편으로는 릴리와 하룻밤을 보내게 되어 기쁘기도 했다. 제니는 릴리를 마중 나갔다. 릴리는 오늘 제니가 더욱 반가웠다. 둘은 과자를 먹으며 영화를 봤다. 영화에선 주인공을 포함한 모든 등장인물이 자신 앞에 놓인 역경을 멋있게 헤쳐 나갔다. 그 모습을 보며 릴리는 혼란스러웠다. 자신에게 해피엔딩이란 존재하지 않는 것 같았기 때문이다.

개학 날이 되자, 릴리는 여느 때와 같이 스스로 눈을 떴다. 그리고 비몽사몽인 채로 욕실로 향했다. 그리곤 릴리는 세수하고 무심코 거울을 보더니 깜짝 놀랐다. 왜냐하면, 거울 속에 올림픽 때 봤던 이상한 생명체가 있었기 때문이다. 크기는 좀 더 작지만 분명 똑같이 생긴 생명체였다. 릴리는 눈을 비비고 다시 보았으나 그 생명체는 이미 사라진 뒤였다. 릴리는 피곤해서 헛것을 본 것으로 생각하고 대수롭지 않게 넘겼다.

릴리는 2층 식당으로 내려갔다. 릴리의 방이 7층이니까 내려가는 데 꽤 시간이 걸렸다. 엘리베이터를 잡으러 가는 길도 5분이 넘게 걸렸으니까. 릴리가 마침내 2층에 도착했을 때는 이미 시간이 꽤 지난 후였다. 릴리는 리스에게 인사했다.

"안녕히 주무셨어요?"

"그렇단다. 우리 딸, 오늘이 개학이구나. 오늘도 일찍 나가 봐야 하는데 못 데려다줘서 미안하구나."

릴리는 엄마의 미안하다는 말이 오히려 듣기 싫었다. 한두 번이라면 이해하겠지만 매일 반복되다 보니 지긋지긋하기만 했다. 그렇지만 릴리는 엄마가 상처받을까 봐 이를 내색하지 않았다. 리스도 이를 눈치챘는지 자리를 피했다. 릴리는 가정부가 준비해 준 식사를 한두 숟갈 먹고 자리를 떴다. 그 후 시간이 조금 남는 걸 확인하고는 방으로 향했다. 그리곤 가방에 준비물과 간식거리를 몇 개 챙겨 넣었다. 제니와 나누어 먹기 위해서였다.

모든 준비를 마치자 릴리는 엘리베이터를 타고 1층에 도착해 현관문을 나섰다. 날씨가 우중충했다. 릴리가 말했다

"어휴, 하필이면 2학기 첫날부터 우중충하다니…."

제니가 공원에서 릴리를 기다리고 있었다. 릴리는 제니를 보고 반갑게 인사했다.

"제니야~!"

그리고 곧장 제니에게로 뛰어갔다. 그리고 제니에게 물었다.

"많이 기다렸어?"

"아니야, 나도 방금 왔어."

간단히 인사를 주고받은 둘은 공원에서 학교로 출발했다. 공원에서 학교까지는 꽤 멀었지만 릴리와 제니는 수다를 떠느라 지루할 틈이 없었다.

09

현장체험학습

학교에 도착하자 릴리는 재미없는 투명색 마법 수업을 받을 생각에 한숨이 나왔다. 하지만 선생님들은 바로 입학식장으로 모이라고 했다. 릴리와 제니는 의아했다. 왜냐하면, 입학식장은 이름대로 입학식 때 빼고는 항상 문이 닫혀 있었기 때문이다. 그런 입학식장이 열릴 때는 오직 전교생에게 공지할 내용이 있을 때뿐이었다.

릴리와 제니는 입학식장에 마련된 의자에 앉았다. 릴리와 제니는 1학년이라 앞쪽에 앉을 수 있었다. 모두 도착하자 단상 위로 제널드 앤 스티리어 교장 선생님이 올라왔다. 교장 선생님께서 마법 마이크를 잡고서 말씀하셨다.

"자, 전교생 여러분. 오늘 우리가 이 자리에 모인 이유는 중요한 공지 사항이 있기 때문입니다. 전교생 모두 일주일 뒤 판타스틱 루델 놀이공원으로 현장체험학습을 가게 되었습니다."

"와아아아!"

전교생이 굉장히 소란스러워졌다.

"자, 여러분, 절대로 다치지 않기를 바랍니다. 자세한 내용은 교실에서 선생님들께 듣기를 바랍니다."

아이들은 교실로 돌아가는 와중에도 현장체험학습에 대해 왁자지껄 떠들었다.

"릴리야, 너는 뭐부터 타고 싶어?"

제니가 물었다.

"음…, 레인보우 페가수스(무지개 위를 페가수스가 끄는 불붙은 마차를 타고 달리는 것이다. 불붙은 마차를 타기 위해서 불이 몸에 닿지 않게 하는 안전복을 착용한다. 발판에 발이 닿아야 해서 키가 150cm 이상이어야 탈 수 있다.)를 타고 싶긴 한데 키가 150cm가 안 되는 것 같아서. 못 타면 하이 바이킹이나 타지 뭐. 너는?"

릴리가 대답했다.

"나? 나도 레인보우 페가수스 타고 싶어. 못 타면 자이로드롭, 범퍼카, 솔로티스(바다 위를 걸어 다니는 하얀 순록과 비슷하게 생긴 마법 생명체. 솔로티스는 사람이 타면 바로 바다에 돌진하는데, 자신의 등 위에 탄 사람이 마음에 들수록 오래 태워 준다. 솔로티스가 10분 넘게 태워 주었다면 놀이공원 자유이용권을 하나 준다.) 타고 싶어. 아! 너 솔로티스 꼭 타봐! 장담하는데 한 시간은 넘게 태워 줄걸?"

제니의 말에 릴리와 제니는 함께 즐겁게 웃었다. 제니와 릴리는 함께 투명색 마법 수업을 들으러 갔다. 투명 마법을 가르치는 세이브 스미스는 아마 이 세상에서 가장 지루한 사람일 것이다. 첫인사부터 "책을 펴세요."라고 졸린 목소리로 말했다. 수업은 정말 지루했다. 그저 40분 동안 의자에 앉아 책을 펴고 낙서하는 것 이상도 이하도 아니었다. 릴리는 연필을 집어넣고 서랍에서 색연필 12색 모음을 꺼냈다. 그때 세이브 선생님이 말했다.

"그래서 투명 마법은…."

세이브 선생님께서 입을 열었지만, 릴리의 머릿속은 현장체험학습으로만 꽉 차 있었다. 릴리는 빨강, 노랑, 초록, 파랑, 보라 이 다섯 가지 색을 꺼내 교과서에 무지개를 그리기 시작했다.

"체스터 도어처럼 주문을 조금이라도 잘못 외우거나 실수하면…"

무지개를 다 그린 릴리는 위에 마차를 끌고 달리는 페가수스를 그렸다.

"몸의 일부가 실제로 사라질 수 있습니다."

이제 릴리는 페가수스의 눈을 그리고 있었다.

"자, 주문은 '세레누스'입니다. 다 같이 외워 보아요. 세레누스!"

릴리는 페가수스의 눈이 마음에 안 들었는지, 페가수스를 까맣게 칠해 버리고 있었다. 제니가 릴리를 툭 치자 릴리는 고개를 들고, 손가락을 들고서 친구들과 함께 외웠다.

"세레누스!"

그 뒤 세이브 선생님은 투명 마법에 대해 설교를 늘어놓기 시작했고, 이번에는 릴리뿐만 아니라 제니, 심지어는 로렌스까지도 교과서에 열심히 낙서를 했다. 점심시간, 릴리와 제니는 급식을 받으러 줄을 섰다. 오늘은 릴리가 가장 좋아하는 음식인 볶음우동이 나오는 날이었다. 릴리는 신나게 볶음우동을 먹었다. 제니는 릴리가 볶음우동을 다 먹을 때마다 복사 마법을 써서 계속해서 릴리의 볶음우동을 채워 주었다. 급식을 다 먹자 제니 덕분에 릴리는 굉장히 배가 부른 상태였다. 둘은 다음 수업(마법물약) 교과서를 책상 위에 꺼내 놓고, 친구들과 놀러 갔다.

수업 종이 치자, 릴리와 제니는 여느 때처럼 줄을 착착 맞춰 선 후 마법물약실로 향했다. 마법물약실에서는 세라스티나 선생님께서 아이들을 기다리고 계셨다. 세라스티나 선생님께서는 첫인사부터 다정함이 뚝뚝 묻어났다.

"자, 여러분. 조용! 우리는 오늘 가장 그리워하는 사람을 바로 자신 앞에 데려오는 마법물약, '레이시아 스트로이'를 배울 거예요. 이 마법약은 말 그대로 오늘 가장 그리워하는 사람을 바로 자신 앞에 데려오는 것이기 때문에 사람들이 누군가와 이야기하다가 갑자기 사라질 수가 있어요. 만약에 체스터 도어 같은 범죄자가 드디어 경찰에 잡혔죠? 만약에 그때 체스터의 여자친구 에린 스피넷이 레이시아 스트로이를 써서 체스터와 도망갔다면 어땠을까요? 이 레이시아 스트로이는 부작용이 많이 일어나기 때문에 국가는 이것을 금지했어요. 비록 쓰지는 못하지만 우리 이것에 대해 한번 배워 보아요!"

릴리는 세라스티나 선생님이 마음에 들었다. 세이브 선생님과 세라스티나 선생님이 남매라는 이야기를 언뜻 들은 적이 있지만 어떻게 이렇게 다른지 릴리는 궁금했다. 릴리는 레이시아 스트로이를 즐겁게 배웠다. 릴리는 지금 당장 레이시아 스트로이를 써서 할머니가 보고 싶어졌다. 옆에 있는 제니를 보니 제니 또한 수업이 흥미로웠던 모양이다. 그런데 로렌스는 마법약을 싫어하는 듯이 보였다. 릴리는 로렌스가 한 번도 수업에 싫은 티를 낸 적이 없었으므로 놀랐다. 마법약 수업이 끝나자 로렌스는 릴리와 제니랑 같이 집으로 걸어갔다. 로렌스는 세라스티나 선생님과 자신의 엄마 이자벨 세레나가 초등학교 동창생이었다고 말해 주었다. 로렌스의 엄마 레이니아는 유독 마법약에 소질이 없었다. 그때 세라스티나 선생님은 이자벨이 "세라스티나, 이것 좀 도와줄 수 있을까?"라고 물어도 항상 무시했다고 한다. 릴리는 세라스티나 선생님이 그랬다는 것이 믿기지 않았지만 그냥 믿는 척했다. 집에 도착하자 릴리는 최고급 오리털을 사용한 푹신푹신한 빈백에 몸을 날렸다. 그러고는 세이브 교수님이 내 주신 숙제를 풀다가 잠이 들었다. 저녁 늦게 퇴근한 리스는 릴리를 손수 안아 침대로 옮겨 주었다.

10

드디어 밝혀지는 진실

드디어 현장체험학습 날, 릴리는 너무나도 기뻤다. 왜냐하면, 이번 현장체험학습 때 가는 놀이공원은 놀이공원 중에도 가장 유명하고 재밌는 놀이공원이기 때문이다. 게다가 유명한 만큼 인기도 많아서 피터 캐리스피안의 딸인 릴리도 몇 번 못 가 볼 만큼 예약하기가 어렵기 때문이다. 들뜬 채로 공원에 도착한 릴리는 제니에게 인사했다.

"안녕, 좋은 아침! 오늘 드디어 놀이공원 가는 날이네. 아니, 그보다 표정이 왜 그래?"

제니는 주저하며 말했다.

"저기… 릴리야…. 너는 놀이공원에 못 간대…."

"그게 무슨 말이야?"

그러자 제니가 몹시 아쉬워하며 말했다.

"어제 과제 제출하러 교무실에 갔었거든. 근데 데릭을 만났어. 너도 알다시피 데릭은 1학기 끝자락에 사고를 쳤잖아. 그래서 그거에 대한

반성문을 선생님께 제출하러 간 줄 알았는데. 데릭이 갑자기 말을 걸더라. '야, 네 단짝은 놀이공원 못 간다. 솔직히 학교의 수치가 놀이공원에 가면 그 자체로 학교 망신이잖아? 그래서 내가 선생님들을 설득했지.' 이렇게 약간 잘난 체하면서 말하더라. 그래서 나는 또 허풍인가 보다 하고 넘어갔지. 그런데 과제 제출하고 '혹시 사실이면 어쩌지…' 하는 생각이 들어서 선생님께 여쭤봤거든. 그랬더니 선생님께서 말씀해 주셨어. 놀이공원 안전장치는 이용하는 사람이 직접 자기 몸에 맞게 마법으로 만드는데, 너는 마법을 쓸 수 없으니 놀이 기구에 탈 수 없다고. 내가 너랑 제일 친하니까 선생님께서 전해 달라고 하셨어."

릴리가 되물었다.

"그럼 나는 놀이 기구 못 타는 거야? 그래도 가서 놀이 기구는 안 타고 구경만 하면 안 돼?"

"그게, 그거를 나도 생각해서 이미 여쭤봤어. 놀이 기구를 못 타면 현장체험학습을 가는 의미가 없다고 하셨어. 그리고, 네가 학교 진도도 잘 못 따라가니까 도서관에서 자습하라고 하셨어."

릴리는 애써 웃음을 지어 보이며 말했다.

"알았어, 알려줘서 고마워."

"그럼 나는 먼저 갈게. 미안해…."

제니는 그렇게 말하고 순간 이동해서 사라졌다.

제니가 가고 나니 릴리는 왈칵 울음이 나왔다. 릴리는 울음을 참아 보려 했지만, 뜻대로 되지 않았다. 결국 릴리는 펑펑 울면서 학교까지

터덜터덜 걸어갔다.

릴리는 학교에 도착해서 눈물을 닦고는 생각했다.

'그래, 선생님 말씀대로 도서관 가서 자습해야겠어. 마법은 못 쓰지만, 연습을 계속하면 이론은 잘할 수 있을 거야.'

그래서 도서관에 간 릴리는 공부하기 좋은 곳을 찾다가 처음 보는 곳을 발견했다.

'금서 구역? 처음 보는 곳인데. 사서 선생님도 안 계시고 학교에 아무도 없는데 한 번 들어가 봐도 되겠지?'

릴리는 금서 구역을 둘러보고 있었다. 그러다 『반유령법의 진실』이란 제목의 책을 발견했다. 게다가 그 책에는 자신이 모르는 법에 대한 내용도 담겨 있었다.

릴리는 올림픽에서 보았던 뭔지 모를 존재가 유령인 것 같아 책을 펼쳐 보았다. 릴리는 헉, 숨을 들이마셨다. 그 책은 릴리가 지금까지 궁금해했던 것들을 해결해 주었다. 릴리가 그 책에서 알게 된 사실은 크게 두 가지였다.

첫 번째는 유령의 존재였다. 릴리는 이제 유령이라는 존재를 알게 되었다. 그리고 이제 자신이 올림픽에서 봤던 존재와 좌석이 군데군데 비어 있던 이유도 알게 되었다. 두 번째는 반유령법이었다. 반유령법을 옮겨적으면 다음과 같다.

반유령법[※]

제1조. 유령의 정의 및 생김새

> 1항– 반원 모양의 몸체에 아랫부분이 일그러지며 마구 찢긴 형태이다.

> 2항– 사람과 비슷한 형태의 안면을 가지고 있다.

> 3항– 사물을 투시할 수 있으며, 어떠한 대상을 가로질러 반대편으로 건너갈 수도 있다.

> 4항– 다른 포유류, 조류 등과 같이 자아를 가진 지적생명체이다.

제2조. 위험성과 그 까닭

> 1항– 유령은 강한 마력을 가지고 있고, 폭력적이며 죄책감 또한 느끼지 못하기에 매우 높은 위험성을 가진 생명체이다.

> 2항– 무책임하며 악마의 앞잡이이다.

> 제3조. 유령을 목격했을 때 대처법

> 1항– 기척을 숨긴 채 즉시 그 장소를 빠져나온다.

> 2항– 불법 외부 마법 생명체 관리부의 신고한 후 유령 포획에 적극 협조한다.

제4조. 신고 시의 보상과 내통 시의 처벌

> 1항– 유령을 신고한 자에게는 10벨카르가 정부에서 지급되며, 직접 포획할 때는 20벨카르가 보상된다.

3항- 내통하거나 호의를 가진 자는 10벨카르를 벌금으로
　　　내며 모든 대회에 참가할 수 없고, 국가의 어떠한 혜
　　　택도 받을 수 없다.

4항- 유령을 아는 어린이가 있다면 그 즉시 찾아내 기억을
　　　지운다.

5항- 포획에 적극 협조하지 않을 때 유령에게 호의를 가진
　　　것으로 간주하며 30년 이하의 징역 및 60벨카르 이
　　　하의 벌금 처벌을 받는다.

제5조. 유령몽의 정의 및 위험성

1항- 유령몽이란 유령이 인간의 꿈에 관여하여 꿈을 뜻대로
　　　조작하는 행위를 말한다.

2항- 유령몽을 꾸게 될 경우 꿈을 꾸던 사람과 유령 모두
　　　꿈속에서는 원하는 것을 생각하기만 하면 얼마든지
　　　만들어 낼 수 있으며, 이 꿈을 꾸며 유령으로 인해 자
　　　신이 신체적 피해를 입은 경우 일상생활에서 또한 적
　　　용된다.

3항- 유령몽에 빠졌을 경우 마음속으로 '소미니움 엑스시테
　　　룸'이라고 주문을 외치면 잠에서 깰 수 있으나 유령이
　　　당신을 보았다면 따라 나올 수도 있다.

※ 참고로 이 반유령법은 피터와 리스가 제안한 법안입니다.

릴리는 제2조에서 충격을 받았다. 오촌이 정부에서 일해서 거의 모든 법을 알고 있는데 이건 생전 처음 보는 법이어서이다. 게다가 이 법을 만들자고 건의한 사람이 릴리의 엄마, 아빠여서 더욱 놀랐다. 하지만 제일 놀란 이유는 이 법이 아주 왜곡되고 편파적이어서 있지도 않은 말을 만들어 유령들을 내쫓았기 때문이다. 릴리는 생각했다.

'믿을 수 없어. 엄마, 아빠가 이 법을 건의했다고? 내용까지 만들어서? 그럼 이 내용을 다 엄마, 아빠가 만든 건가? 우리 엄마, 아빠가 이렇게 사악한 법을 만들었다고? 말도 안 돼!'

그리고 두려워졌다.

'그럼, 나는 어떻게 되는 거지? 나도 기억이 지워지는 건가? 나는 어떻게 해야 하지?'

릴리는 무심코 시계를 보았다. 벌써 저녁 6시였다. 릴리는 시간이 벌써 이렇게 많이 흘렀다는 것에 놀라 서둘러 집으로 갔다. 릴리는 기분이 영 찝찝한 채로 침대에 누웠다. 그리고 이내 뒤척이며 잠이 들었다.

11

꿈속에서 만난 페니

릴리는 그날 밤 어떤 꿈을 꾸었다. 꿈속에서 릴리는 온통 암흑뿐인 곳에 있었다. 그곳에서 어떤 여자애를 발견했다. 그 아이는 릴리와 비슷하게 생겼다. 그때 어떤 유령이 나타났다.

그 유령이 말했다.

"이런~. 아직도 눈치 못 챈 거야? 생각보다 멍청하네~."

그 으스스한 목소리에 릴리는 잠깐 오싹해졌다. 그 릴리와 비슷하게 생긴 여자애가 소리쳤다.

"우리가 왜 멍청하다는 거야? 우리가 뭘 눈치 못 챘는데?"

그 여자아이는 화가 나서 씩씩댔다. 그러자 그 유령이 말했다.

"난 페니야. 너희 둘에게 이상한 일이 일어나게 한 장본인이지."

릴리가 물었다.

"그럼, 내가 마법을 못 쓰는 게 너 때문인 거야?"

페니가 대답했다.

"그래 맞아. 내가 그랬어. 정확히 말하자면 너희의 그 모든 세세한 일들을 내가 직접 하나하나 그렇게 만든 건 아니고 그 모든 일의 숨겨진 원인! 릴리가 마법을 못 쓰고, 다온이었나? 다온이에게 자꾸만 이상한 일이 일어난 이유! 바로 내가 너희 둘에 영혼을 바꿔 놨어. 큭큭큭, 생각만 해도 웃기네. 너희가 당황해할 모습을 상상해 보니 너무 웃겨."

릴리는 화가 나서 부들부들 떨리는 목소리로 소리쳤다.

"네가 우릴 이렇게 해 놓은 거란 말이지. 그럼 네가 해결책을 찾아. 우리에게 우리가 원래대로 돌아갈 방법을 알려줘! 원래대로 돌아갈 수 있게 해 달란 말이야! 그리고 왜 우리 영혼을 바꾼 건데?"

릴리는 말은 그렇게 했으나, 왜인지는 이미 알 것 같았다.

페니는 전혀 당황하지 않은 듯한 목소리로 말했다.

"풉, 방금 말했잖아. 내가 너희를 그렇게 만들었다고. 하지만 이왕 너희 둘이 만난 거 그냥 서로를 더 알아가도록 해 줄게. 그것조차 별로 내키진 않지만. 이 구슬이 너희들이 헛된 꿈을 꾸는 데에 이게 도움이 될 거야. 나머지는 너희가 알아서 해."

페니는 여러 가지 빛이 감도는 신비로운 구슬을 던지고선 사라졌다. 구슬을 받은 릴리와 다온이는 각자의 세계에서 꿈에서 깼다. 그리고 방바닥에 굴러다니는 구슬을 보고 동시에 말했다.

"꿈이 아니었어?"

릴리는 무언가 복잡한 마음에 선반 위에 구슬을 내려놓았다. 그때, 의도치 않게 핸드폰과 구슬이 '톡' 하고 닿았다. 릴리는 아무렇지 않게 고개를 돌렸다. 그 순간, 구슬에서 번쩍하며 강한 빛이 뿜어져 나왔다. 너무 밝은 빛에 릴리는 두 눈을 빠르게 가렸다.

잠시 후, 릴리는 두 눈을 가린 팔을 조심스럽게 내렸다. 놀랍게도 선반 위에 있던 구슬은 감쪽같이 사라졌다.

"엥? 뭐야? 어, 어디 간 거지?"

한참 선반을 뒤지던 그때, 핸드폰에 알림이 떴다.

'띵동, 새로운 연락처가 추가되었습니다.'

릴리는 재빠르게 선반에서 핸드폰을 낚아챘다. 그러고는 서둘러 핸드폰 연락처 창을 확인했다.

"지… 진짜로 생겼잖아!"

릴리는 깜짝 놀라 바로 차단하려는 순간, 갑자기 한 생각이 머리를 스쳐 지나갔다.

'잠깐, 중요한 거면? 일단 가지고 있자.'

의미 있는 것으로 생각한 릴리는 연락처를 클릭했다. 그리고 용감하게 '안녕'이라고 쓰고 떨리는 손가락으로 전송버튼을 눌렀다. 얼마 지나지 않아 답장이 왔다.

넌 누구니? 그 유령과 함께 보았

던 그 아이 맞아?

릴리는 조금 놀랐다.

'음…. 이 사람도 나를 모르나 보네…?'

잠시 고민하다가 릴리는 자신을 소개했다.

안녕! 나는 마법 세계에서 살고

있는 12살 여자아이 릴리라고 해!

릴리는 다시 한번 떨리는 마음으로 메시지를 보냈다.

3분 정도 시간이 흘렀다.

"뭐야? 왜 또 답장이 안 오지?? 역시 사기꾼이었나…."

그 순간 "띠링!" 하고 메시지가 도착했다. 릴리는 재빨리 메시지 창을
열었다.

역시, 그 연락처였다. 메시지를 확인해 보니 그 사람의 소개가 담겨
있었다.

안녕, 나는 12살 여자아이 다온

이라고 해. 그런데… 마법 세계라

고? 너 참 재미있는 아이구나! ㅋ

ㅋㅋ

릴리는 어리둥절했다.

"뭐지? 그럼 내가 인간세계에서 산다는 거야 뭐야? 앗.! 맞아! 인간

세계! 어디서 들어봤는데….''

릴리는 다시 메시지를 쓰기 시작했다.

> 너, 혹시… 인간세계 사람이니…?

이번에는 떨지 않고 메시지를 전송했다. 이번에도 바로 답장이 왔다.

> 야, 내가 인간이지. 토끼겠냐? ㅋ
> ㅋㅋ

"역시…. 인간이었어…!"

릴리는 작게 중얼거리고는 다시 메시지를 써내려 갔다.

> 저기, 내 생각을 믿지 않아도 돼.
> 그냥 들어만 봐 줘. 나는 마법 세
> 계에서 살고 있는 12살 여자아
> 이 릴리라고 해. 우리는 각기 다
> 른 세계에 살고 있어.

메시지를 전송했다.

'믿어… 줄까?'

잠시 후, 다시 답장이 왔다.

그래? 그렇다면 믿어 줄게. 난

사실 마법 세계가 있다고 믿고

있었거든…. 뭐, 확실하게 알고

있지는 못했지만!

릴리는 왜인지 안심이 되었다. 그때, 핸드폰 시간을 보고 나서야 얼마나 늦은 시간인지 릴리는 깨달았다.

"헉, 벌써 12시네? 빨리 자야겠다."

릴리는 씻고, 옷을 갈아입은 다음, 불을 끄고 침대에 쓰러지듯 누웠다. 핸드폰을 오래 봐서인지 릴리는 빨리 잠에 들었다.

12

학교 점심시간

창문 틈으로 새어 나온 햇빛에 릴리는 눈을 떴다.

"으음…. 뭐야? 벌써 아침이네."

릴리는 핸드폰으로 시간을 확인했다. 7시 10분이었다. 릴리는 느릿느릿 일어나서 세수하고 옷을 갈아입었다. 그러고는 밖으로 나가 식탁에 앉았다.

"딸! 잘 잤어?"

릴리의 엄마는 아침부터 밝았다.

"음, 뭐…. 그럭저럭."

릴리는 심드렁하게 대답하고는 입안에 이미 가득 든 볶음밥을 한 숟가락 더 밀어 넣었다. 아직도 릴리의 머릿속에는 학교에 가야 한다는 절망적인 생각으로 가득 차 있었다.

릴리는 밥을 먹는 둥 마는 둥 먹고 침대에 누웠다.

"아직 7시 30분…. 학교까지 10분, 빨리 걸으면 7분이고… 8시 10분까지 학교에 도착해야 하니까… 오케이! 30분 쉴 수 있다!"

릴리는 핸드폰으로 30분 타이머를 맞추었다. 그리고 이불을 머리끝까지 뒤집어쓰고 잠을 청했다.

릴리가 한참 잘 자고 있을 때, 알람이 울렸다.

"띠리리링~ 띠리리리링~."

핸드폰에서 경쾌한 음악이 흘러나왔다. 릴리는 벌떡 일어나 다시 머리를 빗고 가방을 멨다. 그리고 힘겹게 발을 뗐다.

"다…다녀올게요."

릴리는 문을 밀고 밖으로 나갔다.

"흠! 그래도 막상 나오니 괜찮군!"

릴리는 학교를 향해 발걸음을 옮겼다.

"릴리야!"

한참을 가고 있는데 뒤에서 릴리를 부르는 소리가 났다.

"앗! 제니구나! 안녕?"

릴리는 제니에게 반갑게 인사했다.

"응! 안녕. 너 오늘 아침 뭐 먹었어?"

"나? 오늘 우리 아빠표 볶음밥."

"진짜?! 맛있었겠다."

릴리와 제니는 수다를 떨며 함께 학교로 향했다.

수다를 떨다 보니 릴리와 제니는 금방 학교에 도착해 있었다. 릴리는 가방을 내려놓고 자리에 앉았다. 릴리는 할 것이 없어 연습장에 낙서하기로 했다.

연습장과 필통을 꺼냈는데 하필이면 지금 담임선생님이신 리앤 스피넷 선생님이 도착하셨다.

"자아, 오늘 1교시는 야외수업이니 어서 수업하러 가도록 해요."

릴리도 일어나서 펜과 책을 챙기고 교실 밖으로 나갔다.

수업을 듣다 보니 벌써 점심시간을 알리는 종소리가 학교 내에 울려 퍼졌다.

"야, 릴리야! 우리는 매점 가서 먹자!"

제니가 말했다.

"음…. 오랜만에 갈까?"

"오예!"

그렇게 제니와 릴리는 매점으로 향했다.

점심시간이라 그런지 손님이 꽤 있었다.

"제니야, 너는 뭐 먹을 거야?"

"글쎄…. 음…. 아! 나는 치킨버거랑 사이다!"

릴리는 정말 깊은 고민에 빠졌다.

"으으…. 새우버거를 먹을까, 샌드위치를 먹을까? 그래! 결정했어! 새우버거! 너로 정했다!"

릴리는 새우버거와 오렌지 주스를 사 들고 제니와 테이블로 향했다.

"이제 먹어 볼까나!"

제니와 릴리는 맛있는 식사 시간을 가졌다.

"음~! 역시 후회 없는 선택이었어!"

릴리의 입안에는 탱글하고 짭조름한 새우의 풍미가 가득 차 있었다.

"너무 맛있다!"

제니의 입안에도 씹을수록 고소 담백하고 육즙이 터지는 치킨 맛이 곳곳에 퍼졌다.

"이제 교실 가자!"

릴리와 제니는 쓰레기를 버리고 교실로 올라갔다.

교실은 정말 전쟁터라고 해도 믿을 만큼 시끄러웠다. 릴리는 가만히 앉아서 다음 교시 책을 꺼내두고 책을 베개 삼아 잠을 청…하려고 했으나… 너무 시끄러운 탓에 릴리는 한숨도 자지 못한 채 다음 교시 수업을 들어야 했다.

13

릴리 집에 놀러 온 제니

릴리는 나머지 남아있는 수업을 다 듣고 교실에 가방을 가지러 제니와 함께 교실에 잠깐 들렀다.

"아! 릴리야, 나 너희 집에서 숙제하고 가도 돼?"

제니가 릴리에게 반짝거리는 눈으로 릴리에게 물었다.

"안 될 거 없지!"

그렇게 순식간에 합의가 되었고, 릴리와 제니는 함께 폴짝폴짝 뛰어갔다.

"다녀왔습니다."

집 현관문을 열며 릴리가 말했다.

"아, 릴리 왔구나! 친구도 데리고 왔네?"

릴리 엄마가 역시 밝은 목소리로 말했다.

"네, 제니라고 제 친구예요. 오늘 숙제 같이하려고 집에 왔어요."

릴리는 그에 비해 조금 시큰둥하게 대답했다.

"안녕하세요!"

제니가 해맑게 인사했다.

엄마가 대답했다.

"그래, 안녕 편하게 놀다가 가렴. 이따가 간식도 가져다줄게."

"앗! 감사합니다!"

제니와 릴리는 책가방을 들고 릴리의 방으로 들어왔다.

"이야, 네 방 진짜 좋다!"

제니가 릴리의 방을 휙 둘러보며 말했다.

"그, 그렇게까지는….."

릴리는 당황스러움에 말을 잔뜩 더듬으며 말했다.

"야, 내 방에 비하면 네 방은 궁전이야, 궁전! 여왕 폐하, 왜 이제야
오시나이까?"

제니가 릴리를 향해 넙죽거렸다.

"푸핫!"

릴리가 참지 못하고 웃음을 터뜨렸다.

"이 몸이 어마마마께 등짝을 맞느라 늦었다. 뭐, 불만이라도 있느냐?"

릴리가 말하자 둘은 깔깔거렸다.

"큭큭큭! 자, 이제 정말 공부하자!"

제니가 말했다.

"좋아!"

그러자 릴리도 책을 꺼내며 대답했다. 릴리와 제니가 열심히 공부하

고 있을 때 릴리가 말했다.

"제니야, 나 화장실 다녀올게."

"응."

릴리가 화장실에 간 사이에 릴리의 핸드폰이 계속해서 울리자, 제니는 공부하는데 너무너무 방해됐다. 제니는 릴리에게 '누구누구에게 뭐라고 왔어.'라고 말해 주어야 알림이 안 올 것 같아 핸드폰을 켜서 누구에게 온 알림인지 확인했다. 다음 순간 제니는 매우 놀라고 말았다. 왜냐하면, 그곳에는 'Daon Jeong'이라고 쓰인 연락처에서 온 알림이었기 때문이다. 릴리가 오자 제니는 릴리에게 물었다.

"너, 이게 뭐야?"

제니는 이해할 수 없었다. 지금껏 릴리를 가장 친한 친구로 여기며 챙겨주고 친하게 대했고 챙김받았다. 그런데 릴리가 제니가 모르는 비밀을 가지고 있었다니! 제니는 릴리를 이해하려고 열심히 노력했지만, 자꾸만 마음속을 헤집으며 차오르는 분노 때문에 왠지 모를 배신감을 느꼈다. 릴리는 제니의 마음을 어느 정도 알고 있었기에 최대한 빠르게 상황을 설명했다.

"그게 말이지… 너한테 언젠간 말하려고 했는데, 저번에 네가 알려준 마법을 못 하는 것이 정상인 세계 말이야. 그게, 거기에 살고 있는 아이가 내게 연락을 보내왔고 지금 그 아이와 소통하며 지내고 있어. 너한테 진짜 빨리 말하려고 했는데 미안해."

제니는 생각에 잠겼다. 한동안 말이 없던 제니는 어렵게 입을 열고 릴리의 눈을 똑바로 쳐다본 채 말했다.

"너 정말 그 세계를 믿는 거야?"

릴리는 잠시 망설이다 찬찬히 고개를 끄덕였다. 제니는 문득 모두 거짓이라는 생각이 들었다.

"그런데 릴리, 만약 이 모든 게 릴리 너를 속이기 위한 거면 어떡해?"

릴리는 제니를 향해 환하게 웃어 보였다. 세상을 다 가졌다는 듯이.

"아냐, 나는 아니라고 믿어. 그리고 다른 세계에 있는 아이도 얼마나 힘들겠어…. 같이해 봐야지!"

제니는 놀랐다. 릴리는 착한 아이였지만, 평소에 말도 별로 없고 심지어는 시험에서 대부분 F등급을 받을 정도로 공부를 못했기 때문이다. 하지만 릴리의 믿음에 가득 찬 모습 덕분에 제니는 릴리에게 설득되었다. 이후 30분이라는 시간이 흘렀지만, 숙제는 좀처럼 진도를 나가지 못했다. 시간이 늦었으므로 둘의 만남은 숙제를 다 하지 못한 채 종료되었다.

14

다시 만난 페니

그날 밤, 릴리는 쉽게 잠에 들지 못했다. 겨우 잠이 든 시각은 새벽 3시경이었다. 잠이 들자 보드랍고 푸른 잔디가 펼쳐진 들판 위 침대에서 일어났다. 릴리는 들뜬 마음으로 침대에서 몸을 일으켰지만 들판에 발이 닿자마자 금세 거친 돌바닥으로 변했다.

릴리는 두려웠다. 그러나 두렵다고 이 상황을 피할 수는 없었다. 릴리는 몸을 완전히 일으켜 돌밭을 걸었다. 차가운 칼바람이 불어왔다. 거친 돌덩이들이 여린 릴리의 발을 사정없이 할퀴어 댔다. 뼛속까지 파고드는 추위와 아픔 속에서 릴리는 주저앉아 울고 싶었다. 그러나 릴리는 저만치 멀리 보이는 희미한 빛을 향해 걷고 있었다. 의도한 것은 아니지만 왠지 그래야만 할 것 같았다. 마치 뭔가에 홀린 것처럼.

마침내 릴리는 희미한 그 불빛에 도착했다. 그 빛의 정체를 알기까지 릴리는 그리 오랜 시간이 걸리지 않았다. 푸르스름한 빛을 뿜으며, 다리가 없고 해파리 같은 모습을 한 채 움직이지 않고 공중에 떠 있기만

했다. 그것은 다름 아닌 유령이었다. 또다시 그 유령을 마주치고 만 것이다. 어느 순간부터 릴리는 깨달았다. 그 유령의 눈빛이 평소보다 슬퍼 보이고 사연 있어 보인다는 생각을 했을 뿐이었다. 그 유령이 릴리를 발견하자마자 눈빛이 돌변하더니 릴리에게 먼저 말을 걸어왔다.

"나랑 거래를 좀 해야겠어. 히히히."

유령은 소름 끼치도록 간드러진 목소리로 릴리에게 다짜고짜 말을 걸고는 음흉하게 웃었다. 이 낯선 상황이 두려워진 릴리는 입술을 꽉 깨물고 예전에 『반유령법의 진실』이라는 책에서 배운 대로 인간세계 사람들도 쓸 수 있는 마법 지팡이를 생각했다. 역시 그러자 마법 지팡이가 생겨났다. 릴리는 덕분에 마법을 쓸 줄 몰라도 이 마법 지팡이를 이용하여 마법을 할 수 있었기 때문에 엘레모네 레파이아로 이 꿈에서 깰 수 있었다. 잠에서 깬 릴리는 볼을 꼬집어 보았다.

"아무리 그래도 소용없을걸?"

유령은 릴리의 꿈을 따라 릴리의 방까지 쫓아온 모양이다. 릴리는 무서웠다. 『반유령법의 진실』에서 나온 유령이 당신을 발견했을 때, 주문을 외면 유령이 따라 들어올지도 모른다는 말을 깜빡한 것이다. 릴리는 유령이 험악하게 나올 것이라 생각해 강하게 나왔다.

"내 방 밖에는 사용인이 있어. 내가 이 벨을 누르면 당장에라도 사용인들이 널 체포할 거야. 그러니까 저리 가."

그러나 릴리의 예상을 깨고 유령은 울먹이며 릴리에게 말을 걸어왔다.

"제발 도와줘."

릴리는 할 말을 잃었다. 릴리가 아무 말도 하지 않자 유령은 자신의 상황을 설명하기 시작했다.

"릴리야, 너희 부모님 때문에 내가 미아가 되었다고 생각하고 너에게 그런 짓을 했어. 정말 미안해. 만약 네가 나의 부모님이 어디에 계시는 지를 알아내서 내게 전해 주면 나도 너와 다온이의 영혼을 바꿔 줄게. 어때? 할 수 있겠어?"

그러자 릴리가 힘차게 대답했다.

"응! 내가 꼭 너희 부모님을 찾아 줄게."

그로부터 약 몇 주 후 다시 릴리의 학교는 박물관으로 체험학습을 가게 되었다. 릴리는 이번에도 데릭 때문에 박물관에 가지 못했다. 그러나 지금이 기회라고 생각한 릴리는 전혀 아쉬워하지 않고, 도서관으로 갔다. 릴리는 도서관에서 책을 읽다가 모든 학생들과 선생님들이 떠났을 때쯤 금서 구역으로 갔다.

그곳에서, 『루시 레니레타가 직접 설명해 주는 유령들의 피난길』이란 책에서 유령들은 대부분 에라티어나 코데리어타로 떠난다는 사실을 알게 되었다. 그렇게 책장을 넘기던 릴리의 얼굴에 마침내 환한 미소가 번졌다.

"그곳에는 기차를 타고 가다가 길을 잃은 유령들도 흔했다. 그중 한 유령 부부는 코데리어타로 가는 길에 페니라는 아기 유령을 잃어버렸다고 한다."라고 쓰여 있었다.

어느 날 페니가 꿈에 다시 나타났다.

릴리는 자랑스레 말했다.

"페니, 내가 드디어 알아 왔어. 너희 부모님들은 코데리어타로 떠났대."

릴리는 당연히 페니도 기뻐하리라고 생각했으나, 페니는 얼굴이 아직 어두웠다.

"릴리, 확실한 것 맞지? 나는 내가 너희의 영혼을 바꾸었기에 그 틈새로 너희의 꿈에 들어간 거야. 반유령법 제5조는 다 거짓이야. 유령몽은 없어. 뭐, 유령들이 마법사와 인간의 영혼을 서로 바꾸었을 때는 생기지만 말이야. 그리고 내가 너희의 영혼을 되돌려 준 후 그 나라로 갔는데, 우리 부모님이 코데리어타로 간 게 사실이 아니었다면 난 부모님을 영원히 찾지 못할 거야. 그러니까 그 정보, 내가 믿어도 되는 거지?"

그러자 릴리가 확신에 찬 목소리로 대답했다.

"응! 당연하지. 그리고 내가 기차 편도 알아볼게. 날 믿어 봐!"

하지만 릴리 혼자만의 힘으로는 역부족이었다. 릴리는 생각했다.

'나 혼자만의 힘으로는 역부족이야. 조력자가 필요해. 누가 좋을까? 일단 부모님은 유령을 싫어하시니까 안 되고. 누가 좋을까? 유령같이 새로운 것에 대해 거부감이 없으면서 나랑 가까운 사람은 누가 있지?'

하지만 릴리는 조력자를 쉽게 생각해 내지 못했다. 그렇게 한참을 고민하던 릴리는 마침내 한 가지 답에 이르렀다.

"제니!"

'그래 제니가 있었지. 이렇게나 절친인데 왜 금방 떠올리지 못했지?

제니는 새로운 세계도 잘 받아들였고 내 절친이니까 날 도와줄 거야!'

릴리는 곧바로 제니에게 문자를 보냈다. 그러나 너무 늦은 시각이라서 릴리는 곯아떨어지고 말았다.

15

유령을 알게 된 제니

제니에게

제니야! 내일 아침에 너한테 할

말이 있어. 좀 일찍 만나자.

다음 날 아침 릴리와 제니는 평소보다 일찍 만났다. 하지만 막상 말해야 하자 제니가 어떻게 받아들일까 걱정되었다. 릴리는 망설이며 말했다.

"제니야, 말할 게 있는데…."

"뭔데?"

"믿기 힘들겠지만, 유령이라는 생명체가 있어. 그리고 다른 나라에는 아직도 유령이 있어. 하지만 우리나라는 불과 10년 전쯤에 반유령법을 만들어서 다른 유령들을 쫓아냈어. 게다가 반유령법을 제안하고 적극적으로 밀어붙인 게 우리 가문이야. 그런데 반유령법에 의해 모든 유령이 다른 나라로 쫓겨나다가 페니라는 유령이 부모님과 헤어지게 됐어. 그래서 페니는 원망을 품고 반유령법을 만드는 데 앞장섰던 아빠의 딸인 나랑 전에 말했던 정다온이라는 애의 영혼을 바꿔 놓았어. 그래서 내가 마법을 못 쓰는 거야."

제니는 놀라서 물었다.

"뭐? 말도 안 돼. 유령이라는 생명체가 있다고?"

릴리는 이해한다는 듯이 말했다.

"맞아. 믿기 힘들겠지만 사실이야. 그래서 말인데 나랑 다온이의 영혼이 원래 자리로 돌아가는 걸 도와줄 수 있어?"

제니는 당황하며 말했다.

"뭐, 생각해 볼게. 좀 당황스러워서 말이야. 그런데 어떻게?"

"그 페니라는 유령 있잖아. 걔를 자기 부모님과 다시 만나게 해주면 영혼을 원래대로 돌려준다고 했어. 하지만 지금은 유령의 존재를 비밀로 지키기 위해 우리나라와 다른 나라의 교류가 끊긴 상태야. 그래서 페니의 부모님이 코데리어타에 있는 건 알아냈는데 거기로 가는 게 문제야. 아무리 유령이라고 해도 보통 사람과 똑같이 한계가 있거든."

제니는 말했다.

"알았어, 한번 생각해 볼게."

하지만 제니는 걱정이 앞섰다.

'만약 페니라는 유령이 나쁜 애라면? 유령을 다 쫓아내는 걸 보면 유령에게 뭔가 나쁜 점이 있을 텐데. 릴리가 위험해지면 어떡하지?'

제니가 고민하는 사이 둘은 학교에 도착했다. 제니는 하루 종일 유령에 대해 생각하느라 수업에 집중하지 못했다. 결국 제니는 결정을 내렸다.

'내가 릴리를 도와야겠어.'

제니는 일단 릴리에게 갔다. 그리고 릴리에게 다급히 말했다.

"릴리야, 나도 도울게."

"정말? 고마워. 그러면 오늘 저녁에 공원에서 만나자."

"혹시 페니도 데려와 줄 수 있어?"

"응, 알았어."

그렇게 릴리와 제니는 약속을 잡고서 헤어졌다. 집에 돌아온 릴리는 침대에 몸을 던졌다. 그러나 유모가 가만히 놔두지 않았다.

"숙제해야지, 릴리. 듣자 하니 안드라 선생님이 '자신이 가장 이상적으로 생각하는 지팡이'에 대해 써 오라고 했다던데. 릴리, 너희 부모님들은 네가 공부를 열심히 하기를 원해서."

그러자 릴리가 말했다.

"아…. 내일 할게요…. 그러면 되잖아요…."

그러나 유모는 그것도 허용하지 않았다.

"안 돼, 릴리. 숙제는 미루는 것이 아니야. 너희 부모님이 중요시하는 습관 중 하나가 숙제를 미루지 않는 거잖니. 딸인 네가 먼저 모범을 보여야지. 그리고 내일 할 생각은 마라. 너는 잊었을지 모르겠는데 나는 또렷이 기억한단다. 그제, 너는 내게 지팡이학 수업은 이틀이나 남았으니 다음 날 하면 된다면서 침대로 몸을 던졌고, 어제는 오늘 하겠다고 새끼손가락까지 걸고 약속했잖니. 내일까지 제출인데 오늘 해야 하지 않겠니?"

그러자 그 말에 릴리는 벌떡 일어나 책상으로 달려갔다. 그리고 의자에 쾅 소리 나게 앉았다. 릴리는 다급하게 중얼거렸다.

"아…, 나는 골드스틱 다이아가 제일 좋은 것 같은데 안드라 선생님은 그걸 싫어하시고. 대체 뭘 하지? 아! 안드라 선생님이 골드스틱 브랜드에 골드를 좋아하신다고 하셨었지?"

릴리가 무릎을 '탁' 치며 외쳤다.

"그러니까 골드가 제일 좋다. 나는 지팡이를 쓰지 못하지만, 가성비 등을 고려해 보았을 때 골드가 가장 좋은 것 같다…."

16

엿들은 자

그 시각, 한 소년이 경찰서로 달려가고 있었다. 그는 바로 이 모든 걸 엿들은 사람이었다. 바로 데릭 밴헬싱이다. 데릭은 릴리의 대답을 듣고 급히 경찰서로 달려갔다. 경찰서에 들어가 보니 엄숙한 외관과는 달리 안은 무척이나 자유로웠다. 카운터로 가니 한 경찰관이 도넛을 먹고 있었다. 데릭은 경찰관에게 말했다.

"저, 혹시 유령을 포획해 주실 수 있나요?"

그 말에 경찰관이 놀라 캑캑거렸다. 그리고 안에 있던 모든 경찰관이 순식간에 데릭에게 시선을 보냈다. 그리고 경찰관이 일어섰다. 앉아 있을 때는 키가 작은 것 같았지만 막상 일어서니 키가 꽤 컸다. 진지한 목소리로 경찰관이 물었다.

"너, 유령은 어디서 안 거지? 국가 기밀일 텐데. 특히 너희 같은 어린애한테는."

데릭은 어린애라는 말을 듣고 기분이 상해 발끈했다.

"어린애 아니에요. 자그마치 12살이라고요. 그리고 제 이름은 데릭 밴헬싱이에요."

그런데 그때 경찰서장실에서 한 여자가 나왔다. 그 여자가 나오자 순식간에 모두 멈춰 섰다. 그 여자는 다름 아닌 사라 벨카르였다! 사라가 데릭에게 다가가 내려다보며 물었다.

"그 말 좀 자세히 해 주겠니, 데릭?"

그러자 한 남자가 경찰서장실에서 다급히 나오며 말했다.

"그건 제 일일 텐데요, 사라 벨카르 씨. 아무리 대마법사라 해도 마음대로 사람을 취조해선 안 되죠."

"하지만 유령과 관련된 일인걸요, 베인 밴헬싱 씨."

사라가 바로 받아쳤다.

그리고 베인에게 다가가 속삭였다.

"그 자리에 있는 게 누구 덕인데요. 경찰서장님."

이렇게 말하고는 사라는 싱긋 웃어 보였다. 하지만 베인에게는 두려운 기색이 역력했다. 베인이 떨며 말했다.

"네, 그럼요. 사라 벨카르 님이 누군데."

그리고 사라는 다시 데릭에게 다가갔다.

"자, 그럼, 우리 좀 진지하게 얘기해 볼까, 데릭? 장소는 서장실이 좋겠구나."

데릭과 사라는 서장실로 들어갔다. 사라는 안락의자를 만들더니 데릭에게 앉으라고 했다. 그리고 자기도 의자에 앉더니 데릭에게 물었다.

"자, 그럼 얘기해 보렴. 어떻게 알게 됐니?"

"그 녀석, 그 부모만 유명하고 마법의 재능이라고는 눈곱만큼도 없는 릴리 캐리스피안이요. 걔랑 그 잘난 가르시안이 얘기하는 걸 엿들었어요. 오늘 저녁에 공원에서 만난댔어요."

"그래? 내 친구 중에 셰런 캐리스피안이라는 애가 있는데. 그럼 유령 이름은?"

"그… 뭐였지?"

사라는 실망하며 말했다.

"됐어, 알 턱이 없지."

그때 데릭이 말했다.

"아, 생각났다. 페니요, 페니라고 했어요!"

"그래? 페니라면 오래전에 실종된 유령인데. 아직도 우리나라에 숨어 있었던 건가? 뭐, 어쨌든 잡으면 그만이지. 그럼 데릭, 알려 줘서 고맙구나. 그런데 아무도 유령을 알면 안 되거든. 아까 카운터에서 들었듯이 국가 기밀이기도 하고, 특히 너희 같은 어린애들은 더더욱 알아선 안 돼. 그래서 네 기억을 좀 지워야겠다."

"네? 그, 그게 무슨."

"이미 늦었어. 디셉피얼 메모리아!"

그리고 데릭은 정신을 잃었다. 그때 베인이 들어왔다.

"확실히 처리하셨죠? 그리고 이런 사소한 일들은 제가 충분히 할 수 있습니다."

"그래도 확실히 하는 게 좋잖아요."

"네, 뭐 그렇긴 하죠. 알겠습니다."

하지만 사라는 문득 이런 생각이 들었다.

'어쩌다 이렇게 된 거지? 나는 분명 자연을 지키고 싶어서 대마법사가 된 건데. 잠깐, 캐리스피안이라면 앤드루 박사님의 성이기도 한데?'

"베인 씨, 혹시 지금 당장 캐리스피안 가문 족보를 알아봐 줄 수 있나요?"

"물론이죠, 그쯤이야."

"그럼 10분 내로 부탁드릴게요. 좀 촉박하긴 하지만 그만큼 급한 일이에요."

"더 필요한 건 있으신가요?"

"아니, 뭐 딱히 없습니다. 그런데 유령은 언제쯤 포획하기로 했었죠?"

"자세히 정하진 않았지만, 저녁에 만난다고 하니 6시 정도부터 잠복해야겠죠. 지금이 5시니까 시간이 별로 없네요."

"베인, 아무리 유령의 존재를 아는 게 중범죄라고 해도 캐리스피안은 굉장히 영향력이 큰 가문이니까 쉽게 건드려선 안 될 것 같아요. 피터와 리스는 배우라 언론에 예민하겠지만, 올리버 같은 정부 사람이나 셰런 같이 마력이 강한 자도 많으니 조심해야 해요. 게다가 가르시안 가문도 법률계 같은 전문 분야에서 이름을 떨치고 있으니까 아무래도 어설프게 붙잡으려 했다간 분명 망신만 당할 거예요. 우리 쪽 변호사들도 대부분 가르시안이니까 변호를 제대로 하지 않을 수도 있고요."

베인이 의아해하며 물었다.

"셰런이 혹시 누군가요? 처음 들어보는 이름인데 마력이 강한 자들이라면 이미 정부에서 감시하고 있을 텐데요."

"아, 베인은 상당히 젊으니 모를 만도 하죠. 셰런은 내 셰베레스 아카데미아 동기예요. 셰런도 나에게 버금갈 만큼 마력이 강하지만 젊음을 유지할 수 있을 만큼 강하지 않아서 지금은 조용히 자택에 거주 중이에요. 나이가 나이인지라 활동성이 좋지 않아서 정부에서 감시를 멈췄어요. 어쩌면 셰런은 나보다 머리가 좋으니까 정부에 감시까지 예상하고 일부러 젊음을 유지하지 않은 걸지도 모르겠네요. 하지만 그래도 셰런은 여전히 강력한 마법사니까 조심은 해야겠죠."

"네, 그러면 캐리스피안과 가르시안은 빠져나가도록 해야겠군요. 그럼 일단 목격자가 있으면 안 되니 반대 방향에 임시로 행사를 열어 사람들을 끌어드리겠습니다. 그리고 일단 셋 다 붙잡고 캐리스피안과 가르시안은 기억을 지운 뒤 다시 풀어 주는 게 낫겠죠? 하지만 그 가르시안 녀석은 정말이지 마음에 안 들어요."

"제 생각도 그래요. 가르시안에 대한 의견만 빼고요. 그럼 그렇게 부탁할게요."

사라는 문득 이런 생각이 들었다.

'그러고 보니 앤드루 박사님이나 셰런 같이 마력을 많이 소모한 사람이 나오고 얼마 뒤에 릴리 캐리스피안이 태어났는데. 혹시 관련이 있는 걸까? 한번 조사해 봐야겠어. 확실한 건 아니니 은밀히 해야 하는

데. 그럼 직접 해야 하는 건가? 하지만 그럼 시간이 없는데. 한번 고민

해 봐야겠네.'

17

잠복 경찰들의 훼방

그날 저녁 릴리는 숙제를 겨우 끝내고 마법약 교실에서 세라스티나 선생님께 간곡히 부탁해 받은 레이시아 스트로이를 이용해 조용히 페니를 불렀다.

"페니야."

그러더니 페니가 갑자기 공중에서 뿅 하고 나타났다.

"나 불렀어? 이제 부모님을 만날 수 있는 거야?"

"아직은 아니지만 오늘은 도와줄 사람을 만나러 갈 거야. 내 친구 제니 가르시안인데 굉장히 똑똑해서 많은 도움을 줄 거야."

"그래? 뭐, 아쉽긴 하지만 오늘은 일단 그 친구를 만나 보자."

그렇게 페니와 릴리는 공원으로 향했다. 이상하리만큼 사람이 없었지만 릴리는 행사 때문인가 보다 하고 대수롭지 않게 넘겼다. 공원에서 제니가 기다리고 있었다.

"많이 기다렸어? 다행히 그런 것 같진 않네. 이쪽이 내가 말한 유령 페니야."

그런데 그 순간 미리 잠복하고 있던 경찰관들이 릴리와 제니, 그리고 페니를 포위했다. 경찰관들 뒤로 베인이 걸어나 왔다. 제니는 베인을 매섭게 노려봤다. 그런 제니를 본 릴리는 놀라 물었다.

"제니야, 너 저 사람을 알아? 또 저 사람이랑 무슨 관계야? 네가 사람을 그렇게 매섭게 노려보는 건 처음 봐. 마치 너랑 저 사람이 서로 증오하는 것처럼 보여."

제니는 분노를 주체하지 못하며 말했다.

"저 사람은 밴헬싱 가문의 베인이야. 밴헬싱 가문은 비리를 저질렀어. 저 사람이 앞장서서 올림픽 자금을 횡령했지. 그런데 우리 가문한테 덮어씌웠어. 특히 우리 부모님한테. 그때 저 사람이랑 사무실 동료였거든. 같이 올림픽을 담당했어. 그땐 내가 두 살 때여서 어렸지만 지금도 생생히 기억나. 그리고 데릭의 아빠이기도 해. 나랑 데릭이 좀 사이가 안 좋잖아? 그래서 저 사람은 나를 싫어하고 나는 한술 더 떠서 저 사람을 증오해."

그때 베인이 말했다.

"이런, 이렇게 고마울 데가. 굳이 귀찮게 내가 설명하지 않아도 되겠군. 가증스러운 가르시안 양이 나 대신 설명해 줬으니 말이야. 전부 맞았어. 완벽해. 하지만 내가 한 가지 덧붙이자면 나는 둘을 고발했고, 그래서 지금 경찰서장 자리에 있지. 옆에 있는 캐리스피안 양에게는 감정이 없지만 그래도 어쩔 수 없지. 안타깝지만 둘 다 기억을 지워야겠어. 아니다, 그냥 기억은 남겨두지. 어차피 집에 가면 부모들이 지울 텐데 굳이 내 마력을 소모할 필요는 없잖아?"

제니는 화가 나 소리쳤다.

"그러고도 무사할 것 같아? 내가 가만두지 않겠어!"

그러자 베인이 비아냥거렸다.

"이런, 꼬마 가르시안이 단단히 화가 났나 보군. 그럼 어떻게 할 거니? 힘도 없는 가문의 꼬맹이 주제에 뭘 어쩌겠단 거지? 이봐, 꼬마. 잘 들어. 가르시안의 부모님도 쓸데없이 나대다 권력을 잃은 거야. 이왕 쥔 권력 제대로 써먹어야지, 높으신 분들께 밉보여서 미운털 잔뜩 박힌 놈들 내가 다 쫓아냈어. 그런데 그걸 니네 부모님한테 들켰지 뭐냐. 그래서 너의 부모님도 쫓아냈지. 뭐, 그래도 오히려 더 적성에 맞는 일 찾았으니까 니네 가문은 나한테 빚진 거야. 그러니까 나중에 꼭 갚아라."

제니가 발끈했다.

"뭐, 저런 나쁜 놈이 다 있어. 부모님 쫓아내 놓고 뭐? 고마워하라고, 빚진 거라고? 그게 말이 돼? 그것 때문에 우리 가족이 얼마나 힘들었는데. 당신, 내가 복수할 거야. 그러니까 그때까지 잘나가고 있어야 해. 한순간에 몰락시킬 거니까. 만월을 단숨에 삭으로 바꿔 버릴 거야!"

베인이 코웃음 쳤다.

"이런 주제도 모르는 놈들 때문에 같이 큰일 나지. 잊었을까 봐 알려주는 데 우리가 지금 우세하고, 너희는 지금 독 안에 든 쥐거든. 뭘 까

불고 있어? 그리고 이제 까부는 것도 끝일 거다. 이 정도는 뭐 마지막 발악 정도로 생각하지 뭐. 당장 쟤들 잡아. 유령은 전용 그물로 잡아야 해."

순식간에 릴리와 제니. 그리고 페니는 잡혔다. 저항했지만 셋이서 스무 명도 넘는 경찰관들과 맞서기에는 역부족이었다. 모두 그물에 잡혀버렸을 때 사라 벨카르가 다가왔다.

"베인 경찰서장님 저들을 놔주세요. 물론 유령은 **빼고요**."

"네? 하지만 아직 기억을 지우지 않았는걸요."

"괜찮아요. 어차피 아무도 안 믿을 테니까."

그리고 사라가 뒤돌아 릴리와 제니를 보며 말했다.

"그리고 얘들아, 함부로 입을 놀렸다간 진짜로 감옥에 잡혀가게 될 거야. 그러니 오늘 있었던 일은 다른 사람들에게 말하면 안 되겠지? 물론 부모님께는 말씀드려도 돼. 베인, 그럼 이제 저 아이들을 풀어 줘요."

"휴, 어쩔 수 없죠. 풀어 주겠습니다."

베인은 마지못해 릴리와 제니를 풀어주었다. 그리고 둘을 집에 보내주었다. 릴리가 집에 도착하자마자 피터와 리스가 화를 내며 말했다.

"릴리, 유령과 내통했다는 게 사실이니? 도대체 왜 그런 거야? 유령은 위험하다고!"

"네, 유령을 만났어요. 하지만 그 유령은 친절했어요. 그리고 진짜 위험한 건 엄마, 아빠 같은 사람들이겠죠. 엄마, 아빠가 죄 없는 유령들에게 누명을 씌워 추방했으니까요. 절 속일 생각 마요. 이제는 다 아니까."

피터가 화를 냈다.

"뭐? 그게 무슨 소리…."

그때 리스가 피터를 막았다.

"그만해, 피터. 밤이 늦었잖아. 이제 릴리도 쉬어야지. 릴리가 잘못한 건 맞지만 내일 다시 이야기하자. 릴리, 방에 들어가서 자렴."

"네, 엄마."

릴리는 엘리베이터를 타지 않고 계단으로 올라갔다. 한참 뒤 방에 도착한 릴리는 옷을 갈아입자마자 침대에 쓰러지듯 누웠다. 그리고 중얼거렸다.

"엄마, 아빠가 진짜 반유령법을 만들었다니. 아니라고 해 주시길 바랐는데. 게다가 사라 벨카르도 나쁜 사람이었어. 어떻게 이럴 수 있지? 하아. 믿을 수가 없어. 하지만 사실인걸. 아, 머리가 너무 복잡해. 그냥 자고 내일 다시 생각해야겠어."

릴리는 한숨을 쉬고서 다시 중얼거렸다.

"하, 페니 때문에 내가 이렇게 마법을 쓰지 못하게 된 게 사실인데 페니 잘못은 아니잖아? 그냥 내가 제니랑 같이 페니를 구해 볼까? 너무 힘들 것 같긴 한데…. 어쨌든 분명한 건 반드시 모든 걸 원래대로 돌려놓을 거야."

릴리는 잠시 뒤척이다, 금방 잠이 들었다.

릴리는 앞으로 영원히 알 수 없을 테지만 그날 밤 리스와 피터는 심각한 대화를 나누고 있었다. 리스와 피터는 릴리가, 게다가 제니까지 자신들이 반유령법을 만들었던 사실을 알게 된 것이 굉장히 충격이었다. 또 인기를 위해서 반유령법을 건의했었는데 이번에는 인기를 위해서 반유령법 철회를 건의해야 하나 싶기도 했다. 물론 리스와 피터는 자신들이 페니를 부모님과 갈라놓은 것에 대해서 눈곱만큼도 죄책감이 들지 않았다. 오로지 릴리 입단속을 어떻게 할지, 인기를 어떻게 회복할지에 대해서만 밤늦게까지 의논했다.

18

에필로그

다음 날, 페니는 쇠창살 밖을 내다보았다. 몽실몽실 떠다니는 구름 밖으로 빼꼼 머리를 내민 해가 땅을 밝게 비춰 주는 예쁜 날이었다. 조금만 있으면 부모님은 만날 수도 있었는데 경찰들의 훼방 때문에 페니는 감옥에 갇힌 신세가 되고 말았다. 페니는 릴리와 제니가 자신을 찾아와 줄지 의문이 들었다. 그리고 다시 자신을 보고 싶어 하지 않을 것 같기도 했다.

갑자기 문이 벌컥 열리더니 경찰 한 명이 들어왔다. 페니는 고개를 돌려서 경찰을 쳐다보았다. 그리고 페니는 몹시 놀랐다. 감옥 한쪽에 자기와 같은 미아 유령들이 있었기 때문이다. 에스코에 있는 유령이 자신이 유일한 게 아니라는 것을 알자 페니는 기분이 조금 나아졌다.

조금 뒤 다른 경찰들이 순간이동으로 페니 앞에 도착했다. 그리고 조금 뒤, 머리를 뒤로 넘겨 묶은 사라 벨카르가 도착했다. 경찰들은 페니와 다른 유령들을 어떻게 처리할지 의견을 나누고 있었다. 누군가가 그냥 부모를 찾아서 보내자는 이야기했지만, 다른 누군가는 에스코에 있지 않은 미아 유령들까지 부모를 찾아달라고 오면 어쩌냐는 반대 의견을 제시해서 경찰들 사이에 잠시 침묵이 흘렀다. 그러자 사라 벨카르가 입을 열었다.

"반유령법의 의미는 유령을 내쫓는다는 것입니다. 그 어디에도 유령을 발견하면 죽여야 한다는 말은 없습니다. 따라서 저는 이 모든 유령이 부모를 다시 만날 권리가 있다고 봅니다."

그러나 사라의 의견은 호의를 받지 못했다.

"아니, 장난하시는 겁니까? 반유령법이 시행된 나라에서 미아 유령들의 부모를 손수 하나하나 찾아 준다고요?"

"게다가 캐리스피안 씨가 몹시 싫어할 겁니다."

그때 사라가 큰 소리로 말했다.

"뭐라고요? 지금 한 나라가 피터 캐리스피안이라는 부자에게 눈치를 보아야 한다는 게 말이나 됩니까?"

그러자 아무도 반대 의견을 제시하지 않았다. 하지만 베인이 조금 후 안 된다고 소리쳤다.

"아뇨! 그 일은 제가 결정할 일입니다. 그리고 사라 벨카르 씨, 저는 캐리스피안 가문의 눈치를 보고 있지 않습니다! 다른 사람들이 말하듯이 반유령법이 시행된 나라에서 미아 유령들의 부모를 손수 하나하나 찾아 준다고 하면 솔직히 말이 안 되지 않습니까! 저는, 이 유령들을 다 죽여야 한다고 생각합니다!"

베인이 큰 소리로 말하자 사라가 반박했다.

"그럼 지금 어린 생명들을 몰살시키자 이겁니까? 저는 자연을 지키고 싶어 대마법사가 됐는데, 지금 어린 생명들을 몰살시키자 이겁니까? 저는 자연을 지키고 싶어 대마법사가 됐습니다. 그리고 지금은 자연의 일부인 생명들을 지키려 하고 있고요. 또 베인 당신이 지금 누구덕에 그 자리에 있습니까? 재능 없는 당신을 거기까지 올려 준 게 바로저 사라 벨카르인데 지금 그 은혜를 저버리겠단 겁니까?"

베인과 사라의 목소리는 점점 높아져 갔다. 잠시 후 갑자기 섬광과 매캐한 연기가 터져 나왔다. 잠시 뒤 연기가 사라졌을 때 바닥에는 누구의 것인지 모르겠는 피가 있었다. 잠시 뒤 사라가 페니와 어린 유령들에게 다가왔다. 옷에는 피가 묻어 있었지만 사라의 것 같지는 않았다. 사라가 페니와 어린 유령들을 쓰다듬으며 말했다.

"내가 꼭 너희 부모님을 찾아 줄게. 그러니까 같이 여기서 나가자."

그 말에 페니와 어린 유령들은 모두 사라를 따라나섰다. 사라와 페니, 그리고 어린 유령들은 감옥을 등지고 떠오르는 해를 향해 앞으로 나아갔다.